# 忘れ去られた花嫁はおひとり様生活を満喫中

## 森で薬師をしていたら王子様が迎えにきました!?

宇佐川ゆかり

Illustrator 蘭 蒼史

Jewel
ジュエルブックス

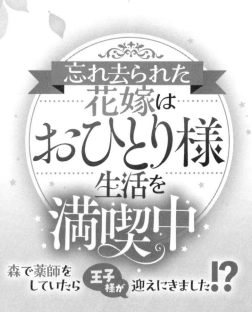

CONTENTS


プロローグ …… 7
第一章　忘れ去られた花嫁は、森での生活を満喫中 …… 12
第二章　忘れ去られた花嫁ですが、どうやら恋に落ちたようです …… 50
第三章　気持ちはどうにもままならないもので …… 88
第四章　兄との再会は新たな波乱の予感と共に …… 128
第五章　想いを残して帰れない …… 168
第六章　新たな決意と王女の自覚 …… 200
第七章　うごめく疑惑の予感 …… 231
第八章　忘れ去られた花嫁の真に幸福な生活の始まり …… 263
エピローグ …… 306
あとがき …… 311

※本作品の内容はすべてフィクションです。
実在の人物・団体・事件などには一切関係ありません。

# プロローグ

遠くから、馬の蹄《ひづめ》の音が聞こえてくる。

(誰が来たのかしら)

厨房で昼食の支度をしていたリリィは、耳を澄ませた。

リリィは、王都の近くにある森の中で一人暮らし。先日までリリィの師匠にあたる薬師《くすし》メイルーンが一緒に暮らしていたが、彼女は息子と暮らすためにこの小屋を去った。

「……メイルーン！　いるか」

「どちら様……？」

師匠の名を呼ぶ声に扉を開くと、一人の男性が立っていた。

(……王子様？)

頭に浮かんだのは、その言葉。男の恐ろしく整った顔立ちに、一瞬でリリィの目は奪われる。

暗い茶色の髪に、同じ色の目。髪は光に当たると赤みが増して見える。背は高く、しっかりと鍛えられているところを見ると、騎士だろうか。上質な衣服を身に着けた彼がこちらを見る目には、不信の色が浮かんでいた。目つきがやや悪いからか、睨《にら》まれているような気がしてしまう。

年齢は、十八歳のリリィより少し上だろうか。二十五歳ぐらいだと思う。

馬から下りた彼は、リリィを真っすぐに見ていた。

「君は誰だ」

「……えっと、薬師です。あなたが呼んでいたメイルーンの弟子です。リリィと申します」

自分の名前を教える。本名ではないが、今リリィが持っているのはこの名前だけだ。

リリィの師匠であるメイルーンは、事情があってここで一人暮らしをしていた。リリィは、彼女が去る時、小屋を譲ってもらったのだ。

普段は森の奥に引きこもっている彼女だったが、薬師としての腕は、かなりのものだったらしい。メイルーンが去ると決めた時、残念がる患者は多かった。

「もし、お薬が必要なら私が用意しますが。師匠の腕でないと不安ですか？」

「あ、いや、そういうわけじゃない。薬が欲しかったわけじゃ……」

リリィの言葉に、彼は戸惑ったような顔になる。

なら、なぜここまで来たのだろう。

悪い人ではなさそうだし、メイルーンに危害を加えようと思ってここに来たわけではなさそうだ。

「突然の訪問をすまない。俺はザリウス。メイルーンは……古い知り合いだ」

メイルーンの知り合いだというのなら、中に入ってもらって詳しいことを聞いた方がいいかもしれない。

「ザリウスさん、ここではなんですし、中でお茶でもいかがですか？　と言っても、薬草茶ですけど。ちゃんとした茶葉は、なかなか手に入らなくて」

茶葉は、遠い国からの輸入品となる。必然的にかなりの高額商品で、なかなか手に入らない。

茶を楽しめるのは、王都からやってくる貴族の使用人が差し入れに持ってきてくれた時だけだ。

けれど、中に誘ったリリィに対し、彼は思ってもみなかった反応をしてきた。

「それはよくない。一人暮らしの女性の家に、俺のような男が入るのはよくないだろう」

生真面目な顔をしてそう言うので、リリィはきょとんとしてしまった。

だが、相手が何を意味しているのか理解したとたん、みるみる頬に血が上る。

「す、すみません……私、そこまで考えていなくて」

女性扱いされるのは久しぶりかもしれない。

思いがけない対応に、リリィの頬はさらに赤くなる。でも、彼はそれに気づいていない。

きっと、女性の扱いに慣れている。リリィなんて、彼からしたら、子供に見えるに違いない。

「それなら……お茶……そこにしましょうか」

リリィが指で示したのは、メイルーンと暮らしていた頃、畑仕事の合間に休憩するために使っていた屋外のテーブルと椅子だ。メイルーン以外の人と、このテーブルにつくことがあるとは思ってもいなかった。

ザリウスが「そこであれば」とうなずいたのを確認したリリィは、意図して口角を上げた。表情を上手に作ることができなくて。

（……私、変だ）

ザリウスを見ているだけで、なんだかそわそわしてしまう。

その理由を、リリィはまだ気づいていなかった。

# 第一章　忘れ去られた花嫁は、森での生活を満喫中

いつかは、結婚するだろうと思っていたけれど、まさかこんなに早く家族と離れることになるとは思ってもいなかった。

リリエッタ・ドゥシャリエは、父の前で頭《こうべ》を垂れた。床に向けた青い目は、不安で左右に揺れている。

長い金髪は側頭部を編み込みにし、残りは緩やかに波打たせて、肩から背中に流している。淡い水色のドレスは、巧みな細工の白いレースで飾られていて、小国ながら王女として身に着けるにふさわしい品質のものだ。

リリエッタと父が対峙しているのは、謁見《えっけん》の間。

ここで顔を合わせる時は、父と子ではなく、国王と彼の命に従う者として対応するのが暗黙の了解だ。

「父上――！　あんまりだ！」

叫んだのは五歳年上の兄のエドミール。リリエッタによく似た青い目が、怒りでギラギラと

燃えている。ここが謁見の間であることを忘れてしまったらしい。

「エドミール王子、場所を考えなさい」

ひんやりとした声音で言い放ったのは、母だった。母ももちろん、この場には母ではなく王妃として出席している。年齢より若々しく見える彼女とリリエッタはよく似ていた。

「だけど！」

リリエッタが何も言わないのに、兄だけが怒りを増幅させていく。父は深々とため息をついた。

「縁談の申し込みだ。お前に何ができると言うんだ？」

父の声は、抑えたものだったが、その奥には兄同様、怒りの色が滲《にじ》んでいた。その剣幕に押されたように、エドミールは口を閉じる。

小国とはいえ、このベルシリア王国を二十年以上まとめてきたのは父である。まだ経験の足りないエドミールでは、父に対抗することはできなかったらしい。

「リリエッタ……」

「はい、陛下」

リリエッタは静かな声で返す。たった十四歳の娘が、王女としての態度を崩さないことに、先に仮面がはがれたのは父の方だった。

「……すまない」

「いいえ、お父様。私達ではどうにもできない申し込みです。生き残りたかったら、受け入れるしかないでしょう」

王座から立ち上がった父は、リリエッタの方に歩み寄ろうとした。だが、その足は数歩のところで止まってしまい、そのまま床に崩れ落ちる。

「すまない……すまない」

床に両手をつき、繰り返すのは、ただただリリエッタに詫《わ》びる言葉。

「だからって、リリエッタより年上の子供がいるような相手！」

エドミールが、吐き捨てるように叫ぶ。

リリエッタは、小さく息をついた。

隣国オロヴェスタ王国から、リリエッタを後宮に迎え入れたいと申し入れがあったのは、三日前のこと。

大国の王であるオロヴェスタ国王は、百年以上前に廃止された後宮制度を復活させた。

王妃だけではなく、それ以外の妃に愛妾《あいしょう》達。多数の女性を王宮の一画に住まわせ、互いに寵愛《ちょうあい》を競わせているのである。

元々は、オロヴェスタ王国内の女性を貴族も平民も問わずに集めていたのが、ここ数年は国外にもその手を伸ばすようになった。

彼のもとに妃として輿入《こしい》れするよう求められたのは、各国の王女や貴族令嬢。輿入れという名目の人質でもあるらしい。

縁談の申し込みだの、輿入れの要求だのと言葉を飾っても、申し込まれた方に拒む権利はない。断れば、何らかの報復があることは火を見るより明らかだった。

現オロヴェスタ国王は、一代にして国土を倍以上の大きさに広げた傑物《けつぶつ》なのである。英雄色《いろ》を好むという言葉を悪い意味で体現しているとも言えた。

「……リリィ、どうして、こんなことに」

「……お兄様」

愛称でリリエッタを呼んだエドミールは、両腕を回して抱きしめてきた。

「そうだ！　父上、リリエッタを隠すのはどうですか？」

エドミールの提案に国王は緩慢《かんまん》に首を振る。

「そんなこと、できるはずないだろう。この王宮、すべてに監視が入っているのだぞ！」

父は手で顔を覆ってしまった。自分の力のなさを、情けなく思っている。

オロヴェスタ国王は、護衛という名目で多数の兵士も送り込んできた。こちらに不審な動きがあれば、そのまま王宮を制圧するつもりなのだ。

どこでリリエッタを見染めたと言うのだろう。リリエッタはまだ、十四歳。大人の社交の場には出ていないというのに。

「花嫁衣裳の支度が間に合わないと言ってみたのだが……」

父が嘆くのも無理はない。

使者からは、リリエッタは一応王女であるから、愛妾ではなく妃として正式に婚姻すると言われた。

そこで正式な婚姻ならば花嫁衣裳を持たせたいと、父は応じた。リリエッタの後宮入りを引き延ばしたつもりが、そんなものは不要という回答。

彼に逆らった国がどんな最期を迎えたのか、わからない者はこの場にはいない。

ベルシリア王国は、国土の半分が山岳地帯だ。

美しい景色以外、ほぼ何もないと言ってもいい。主な収入源は、その美しい光景を見に訪れる他国の観光客が落としていく金銭。それに、山でも育つ農作物である。

軍も一応持ってはいるが、とてもではないが今、王宮の外に布陣している兵士達に対応できるだけの数はそろえられない。いや、王宮のここまで入り込まれている段階で負けが確定である。

だからこそ、相手側もむちゃくちゃな要求を突きつけてきたのだろう。リリエッタを渡す以外、この国が生き残るすべはないのだから。

「……お願い、笑って見送って」

リリエッタにできるのは、そう懇願することだけ。

まだ、十四歳。まだ、恋も知らない。けれど、自分がどう振るまうべきかはわかっている。

王族の義務として、いつかは父の命じる相手に嫁ぐことになると思っていた。

だが、まさか自分より四十も年長の男に嫁ぐことになるとは思ってもいなかった。しかも、正妻ではない。

多数いる妃の中でも、リリエッタは一番の新参者。つまり、末席ということになる。

（……嫁いだところで、私のことなんて直ぐに忘れてしまうのでしょうね）

そして、後宮の片隅で誰にも顧《かえり》みられない寂しい生活を送るのだろう。

どこか他人事のように感じているのは、リリエッタにも実感はないせいなのかもしれない。

自分が嫁いでいくことも。

一度王宮を出てしまったら、もう家族と顔を合わせることができないのも。

「そうね、できるだけの支度はしてやりましょう。残された時間は、あまりにも少ないけれど」

父が国王の仮面を外したからか、王妃の仮面を取り去った母がそう口にする。

その声が震えているのを、リリエッタは気づかなかったふりをした。


それから、三日が準備に費やされた。嫁入りの支度として用意されたのは、多数の宝石に金塊。少しでもリリエッタの扱いがよくなるようにと期待してのものだ。

それから、どこに出ても恥ずかしくないよう場に応じたドレス。

母は、ベルシリア王国の貴族達にも針子を貸すようにと頼み、自分のドレスを何着もリリエッタ用に仕立て直してくれた。

集めた品々を入れては出してを繰り返し、最終的に、リリエッタの荷物は、馬車一台分におさめられた。

出発の日のために母が用意してくれたのは、母が初めて父と顔を合わせた日に着ていた思い出のドレスだった。

可愛らしい黄色。スカートには、小花模様が刺繍されている。リリエッタの体格と今の流行《はや》りに合わせて、一度全部縫い目を解いて仕立て直した。

母が初めてこのドレスに袖を通した時に流行していたのは、袖に針金の枠を入れ、膨らみをとても大きく仕立てたものらしい。今は、母の時代よりは袖はすっきりとさせるのが流行中だ。

胸元にはレースが足され、華やかでありながらも、リリエッタの愛らしさを引き立てている。

首には、ドレスと同じ布を使ったチョーカー。チョーカーの中央には、琥珀《こはく》と真珠を使った飾りが取りつけられていた。

馬車までは、エドミールがリリエッタをエスコートしてくれた。兄の顔は、今日が葬儀だとでも言いたいように沈んでいる。

「リリエッタ。逃げよう。僕が幸せにするから」

まるで駆け落ちを申し込んでいるかのように、悲壮な顔つきでエドミールが言う。エドミールだって、逃げた先に未来がないのはわかっているだろうに。

「……お兄様、それは妹相手にする発言じゃないと思うの。王宮からなんとか逃げ出せたとしても、その先は？　見つかったら、私達だけじゃない。この国全体が危機に陥《おちい》るのでしょう？」

「わかっている。わかっているんだよ、それは！」

十九歳のエドミールは、線の細い優美な貴公子といった面持ちだが、そんな彼は、まだあきらめていないらしい。

王子として民を守るべきという教育を受けてきたのに、リリエッタを連れて逃げ出すなんて口にするほどに。

「……リリィ……ごめん、困らせた」

愛称でリリエッタを呼んだ兄は、目を潤《うる》ませた。

リリエッタは、無言のまま首を横に振る。できることなら、兄の言葉に従ってしまいたかった。

女性がたくさん集まり、たった一人の男性の寵愛を求めて争う場に行かねばならない。自分がそこで、立場を築けるとも思えなかった。

「……行きましょう。そろそろ時間だわ」

大丈夫、兄に向けた言葉は、震えていなかった。

「お兄様、そんな顔をしないで」

「ごめん、リリエッタ。だけど、だけど」

兄の気持ちはよくわかるけれど、リリエッタまで悲しくなってしまうので、あまり悲しい顔はしないでほしい。

「笑顔を見せて。私も笑うから。お願い、笑顔で見送って。最後に見たのが泣き顔なんて嫌よ」

これが普通の輿入れなら、二度と会えないなんて心配をする必要はないけれど、リリエッタは後宮に入れられる。帰国できるとしたら、まだ顔を見たこともない夫が死んだ時だろう。

夫の死後も、リリエッタの帰国が許されるとは限らない。

もし、その身に王の子供を宿していたとしたら。

家族と会えるのは、これが最後かもしれない。

「……笑う。できるだけ笑って見送るよ」

「今だけ笑うのはダメ。私がいなくなっても、笑ってくださらないと」

「どうして、お前はそうできた子なんだろうね！」

泣いたってどうにもならない。

せめて、行った先でできる限り幸せに暮らしていきたいと思っている。抱きしめる兄の胸に顔を埋めた。このぬくもりは、忘れたくない。

「……行ってまいります、お父様、お母様」

「……ああ」

リリエッタの言葉に、父はうなずいただけ。

「手紙を書くわ。足りないものがあればすぐに送る。あなたは風邪を引きやすいのだから、季節の変わり目には注意するのよ。蜂蜜は部屋に常備して。それと、薬草茶も」

母は、今日までの間に幾度となく繰り返した言葉をもう一度告げる。

「もちろん、蜂蜜は部屋に置いておくわ。喉《のど》が痛くなったらすぐに舐めるし、お茶にも入れて飲むわ」

リリエッタは喉が弱く、季節の変わり目には喉からの風邪を引きやすい。それを母もわかっているから、輿入れの荷物には、蜂蜜が三瓶も入っていた。

「お時間です。よろしいですかな」

リリエッタにそう声をかけてきたのは、オロヴェスタ王国から来た護衛の隊長だという男だった。丁寧な口調を装ってはいるが、もう出発するからさっさと馬車に乗れと命令している。

「お待たせいたしました。もう、行きます」

できる限り、立派にふるまいたい。

リリエッタは、両親とエドミールにもう一度頭を下げると、想いを振り払うように勢いよく馬車に乗り込んだ。

リリエッタが席に落ち着いたと見てとるなり、出立の合図が出される。ゆっくりと馬車が動き始めた。

「リリエッタ！」

「身体には気を付けなさい。寒気がする時には生姜を擂《す》りおろして蜂蜜と――」

「リリィ！　会いに行くから！」

座席に腰を下ろし、前を真っすぐに見据えるリリエッタの耳に、家族の声が響いてくる。名前を呼ぶだけなのは父。まだ、言い忘れたことはないかと、身体を気遣う母。再会を願う兄の言葉。

そのどれもが、リリエッタの胸に突き刺さる。唇を強く噛みしめた。

馬車の中で泣いても、家族の耳には入らないと安堵《あんど》できるところまで進んでから、ようやく自分に口を開くことを許した。

「お父様……お母様……お兄様……無理は、しないで……」

手の中で、握りしめたハンカチが皺《しわ》になる。頰をぼたぼたと流れ落ちるのは涙。

家族の前では、不安なところを見せてはいけないと精一杯の虚勢を張っていた。けれど、そんなもの一人になったら直ぐに崩れてしまう。

これから先の人生、どうやって一人で生きていこう。

これから『夫』と呼ばれる人が頼りにならないであろうことを、リリエッタはすでに感じ取っていた。

旅慣れないリリエッタのために休憩を多めにとっていたということもあり、リリエッタがオロヴェスタ王国に入ったのは、王宮を出てから十日後のことだった。

今日は、それからさらに五日過ぎている。

（……あと、どのぐらいかかるのかしら）

リリエッタは、馬車の窓枠にもたれるようにしてため息をついた。

王都まで普通なら七日ほどかかるそうだから、数日中には到着するだろう。

オロヴェスタ王家から回されてきた馬車は、たしかに乗り心地はいいが落ち着かない。やたら頑丈な鍵が外からかけられていて、まるで閉じ込められているような気持ちになる。

いや、閉じ込められているで正解か。

護衛として来た者達の話をかき集めると、どうやらリリエッタと同じように諸外国から集められた女性の中には、脱走を試みた者もいたそうだから。

（……私は、そんなことはしないのに）

心の中でつぶやいてみるが、護衛達にはリリエッタの心なんて読めない。こうやって、最初から厳重に警戒しておく方が安心なのだろう。

それにしても休憩の時以外、窓の外を眺めているだけなのでいい加減うんざりしてきた。そろそろ次の休憩の時間にならないだろうか。少しは足を伸ばしたい。

昼間の移動はうとうととしているものだから、夜、宿でベッドに入ってもなかなか寝付くこともできない。いくらリリエッタが若いとはいえ、そろそろ疲労が蓄積し始めている。壁に身体を預けてまどろんでいたら、ふいに大きく馬車が揺れた。

「襲撃だ！」

飛び上がるのと同時に、叫ぶ声が聞こえてきた。

襲撃？　なぜ？

リリエッタは窓の外をのぞき見る。

外では、どうやら平民らしい服装の男性が数十人、武器を持って馬車を取り囲んでいた。

母が心を込めて嫁入り支度をしてくれたが、リリエッタの持ち物なんて、この国ではそれほどの価値はないだろうに。いや、盗賊を働こうという者にとっては、十分以上の収穫になるのだろうか。

「応戦しろ！」

「馬車を先に逃がせ！」

騎士達はその場に残って戦う者と、馬車を護衛して先を急ぐ者に分かれたようだ。いきなり馬車が速度を上げ、がたがたと右に左にと揺れ始める。

リリエッタはしっかりと手すりに掴まり、馬車の中で身体が跳ね上がらないようにしていた。揺れる馬車の中では、うかつに口を開けば舌を噛みかねない。

激しい揺れに、どのぐらい耐えていたのだろう。

不意に馬車が大きく左に傾く。

「きゃあああああっ！」

さすがに、これには悲鳴を上げずにはいられなかった。

どぼん！　と大きな音がして、窓の外に水しぶきが上がる。

馬車が数度回転して、水の中に落ちたのだ。おそらく、川に転落したのだろう。

「嘘でしょう！」

傾いた馬車は、左側面を下にしていた。まだ完全に沈んでいないようだが、扉の隙間から、水がどんどん入り込んでくる。あっという間に足が濡れ、ドレスも水を吸った。

馬車の中にいるのはリリエッタ一人。この状況で、助けが来るとも思えない。

濡れたドレスが、ぺたりと身体に張り付く。迷っている余裕はなかった。リリエッタは上になっている右側の扉を押してみる。

だが、外から鍵がかけられていて、押してもびくともしなかった。

どうしようどうしようと、ぐるぐるしそうになる思考を懸命に落ち着ける。

（こうなったら窓を割って出るしかないわ）

外から鍵はかけられていても、窓はそれなりに大きかった。リリエッタ一人ならぎりぎりなんとか出られそうだ。

スカートに歯を立てて破り、その布を右手にぐるぐると巻きつけた。それからもう一枚分、スカート生地を破り取る。

頭からそれを被ると、窓から顔をそむけて布で巻いた右の拳《こぶし》をガン！　と叩きつけた。

一度では破れない。もう一度。ひびが入った気がする。

さらに、もう一度。

ガラスが割れた時特有の高い音が響く。馬車の中に、ぱらぱらと破片が飛び込んできた。だが、破片にかまっている余裕は今はない。

窓枠に残ったガラスをできるだけ叩き落とす。その間も、水は隙間《すきま》から侵入し続けている。

頭に被っていた布を放り出し、両手に布を巻いたリリエッタは、窓枠に手をかけた。

（……いたっ）

払い落したつもりだったが、窓枠に残っていたガラスが布を貫いて手のひらに突き刺さる。

なんとか外に出て、馬車の上によじ登る。周囲には、誰もいなかった。

「誰か！　助けて！」

不安定な馬車の上でなんとか身体を支えながら声を上げるが、誰もいない。

向こうの方からは、騎士達が襲撃者と戦っている物音が聞こえてくる。

馬車は流され、転げ落ちた場所から離れているようだった。馬は馬車につながれたままもがきながらも岸を目指している。馬が泳げるなんて、知らなかった。

できれば、馬車からは自由にしてあげたいのだが、ここからでは、手が届かない。

そうしている間にも、馬車はじわじわと沈んでいく。

川はかなり深そうだ。

今まで泳いだことはないし、馬車からとりあえず出てみたけれど、誰も助けに来てくれなかったら、やはりここでリリエッタの人生は幕を下ろすことになりそうだ。

「誰か――！」

もう一度声を上げるが、やはり、誰もいない。

と、その時、側頭部に熱を感じた。はっとして手をやれば、ぬるりとしたものが手に触れる。目の前に自分の手を持ってきてみると、血に濡れていた。リリエッタのところまで、矢が飛んできたらしい。

悲鳴を上げる前に、馬車にしがみ付いていた手が滑り、「あ」、と思う間もなく、水の中に転げ落ちる。

それきり、リリエッタの意識は、闇の中に閉ざされた。


どこかから、歌声のようなものが聞こえてくる。重い瞼《まぶた》をこじ開けると、目に見えたのは木目の天井だった。

ここは、どこなのだろう。

最後の記憶は、側頭部の熱に、手に触れたぬるりとした感触。ばしゃんと転げ落ちた水の冷たさ。

（……あら？）

あの時、矢を受けたはずの頭に手をやってみれば、布が巻かれているようだ。誰かがあの状況からリリエッタを助け出してくれたのだろうか。

（私、生きてる……）

歌声は、隣の部屋から聞こえてくるようだ。そちらへ行ってみようと、ベッドから身を起こしただけで頭がくらくらとした。

用心深く、床に足をつく。立ち上がろうとしたところで、バタンと床に倒れてしまった。

「あんた、何やってるの！　まだ、起きちゃダメだってば！」

倒れる音で気づいたらしく、すさまじい勢いで扉が開かれたかと思ったら、見たことのない女性が飛び込んできた。

年齢は、四十代後半、いや、五十代に入っているだろうか。

半分白くなった茶色い髪を、首の後ろで一本に束ねている。だが、同じ色の目は生き生きとした光を放っているし、肌の艶もいい。口調はやや粗野《そや》だが、声音は耳に心地よかった。歌声は、彼女のものだろうか。

「……あの」

「ああ、私の名前はメイルーン。あんたは？」

「……リリエッタ・ドゥ」

と、名乗りかけた途中でメイルーンはリリエッタの口に手を当てた。ここで本名を名乗るな、ということらしい。

「もしかして、後宮に行くところだった？」

リリエッタは、こくんとうなずく。

「まったく、あの男は……こんな若い娘さんにまで手を出そうとするなんて」

あの男？

リリエッタを後宮に入れようとしていたのは、この国の国王のはずなのだが。なぜ、メイルーンは、あの男なんて呼び方をするのだろう。

「まあ、とりあえずベッドにお戻りなさい。私が、知ってる限りのことは話してあげるから」

水のグラスをリリエッタに押し付け、メイルーンはベッドの側にあった椅子を引き寄せた。

リリエッタが再びベッドに落ち着くと、メイルーンは口を開く。

「私は、あんたが川にいるところを拾ったの。身なりからして、いいところのお嬢さんだろうと思ってね」

水を飲んだら、少し落ち着きを取り戻してきた。

「……助けてくださって、ありがとうございます。メイルーンさんが、手当てを？」

「まあね、私は薬師だからね。傷の手当てもできるんだ」

「……そうですか……あの、馬車を見ませんでした？」

馬車が川に転がり落ちた後、繋がれていた馬達は岸を目指して泳いでいた。あの馬達はどうなったのだろう。

「壊れた馬車なら見た。馬は繋がれていなかったから、見つけた者が連れて行ったんだろうね」

馬達が馬車に繋がれたまま溺れたのではなく、無事に岸にたどり着いたのならよかった。ほっと胸を撫で下ろす。

「それで、リリエッタ。怪我が治ったら、あんたはどうする？」

「どうしましょう……後宮に行かないといけないんですけど」

「それは、お勧めできないね」

メイルーンの言葉に、リリエッタは目を瞬《またた》かせた。お勧めしないなんて、どうしてそんなことを言うのだろう。

「でも、私が行かないと……」

そこまで言ってリリエッタは、手で口を覆ってしまった。

「どうしても行きたいというのなら、止めないけれど……」

リリエッタは視線を落とした。その仕草で、メイルーンは理解したようだった。

「馬車を襲撃したのは、単なる盗賊ではないと思う。おそらく、あんたが後宮入りするのを気

に入らなかった妃のうち誰かの仕業じゃないかな」

「……そんな！」

ただの盗賊だと思っていた。まさか内部の者がリリエッタを殺そうとしていたなんて。

「それなら、国に帰りたいんですけど……」

「それは、諦めた方がいい。国境を越えるのには身分証が必要になる。身分証を用意しようとしたら、あんたの生存が知られることになるだろうね」

リリエッタは唇を噛んだ。王家の馬車に乗せられてこの国に来たので身分証なんて持っていない。

メイルーンは、リリエッタに気の毒そうな目を向ける。そして、ひとつ、ため息をついて教えてくれた。

「あんたが故郷に戻ったと知られれば、またこちらに呼び戻される。そして、次も襲撃を受けることになる。いや、後宮入りしてから、『病死』ということになるかも」

「……え？」

「それでも後宮に行きたいのなら、王都の入口まで送ってやってもいいけど。そこまで行けば、上に話は通せるだろうし」

そう聞かされてしまったら、もうベルシリア王国には帰れない。

けれど、このまま後宮に行ったら、再び命の危険に見舞われる。

だからと言って、ひとりで生きていくのなんてできそうにない。こういう場合、どうするのが正解なのだろう。

「……私、私、どうしたら」

「数日、ゆっくり考えたらいい。今はまだ、頭もいっぱいだろうしね」

メイルーンの言葉が、胸にしみる。心と身体を休められる場所があってよかった。

リリエッタは、ゆっくりと目を閉じた。

◆◆◆

あれから、四年。

「リリィ、薬草の準備はできてる？」

「はーい、師匠！」

ベルシリア王国に帰るのを諦めたリリエッタは、メイルーンと暮らしていた。

国に帰るのを諦めただけではない。自分が無事でいると伝えることも諦めた。

メイルーンにも相談してみたけれど、リリエッタが生きているとオロヴェスタ王国側に知られずに家族と連絡を取る方法が思いつかなかったのだ。

貴族の顧客の伝手《つて》を使ってはどうか、とメイルーンは言ってくれたが、下手に動けばオロヴェスタ王家に伝わりかねないという結論にいたったのだ。

弟子になりたいと乞うた時、メイルーンは「たしかにここは安全だからね」と快諾してくれた。

そして、弟子になると決まった時、リリエッタは名前をリリィに変えた。

今は、メイルーンの弟子として薬師の修業をしながら、彼女と森の小屋で暮らしている。

緑豊かなベルシリア王国で育ったこと、母が自ら植物を育てていたこともあって、『リリエッタ』は草木と触れ合うことが好きだった。

加えて、季節の変わり目には体調を崩しがちだったこともあって、薬学の基礎も母から教えを受けていた。そのため、薬師の弟子としての生活になじむのにも、さほど苦労はなかったのである。

「すりつぶしたものはこっち、水から入れるのはこっち、沸いてから入れるのはこっちです！　計量もしてあります！」

下準備を頼まれた薬草は、三つの鉢に分けて置いておいた。薬を作る時に使う薬草の処理方法はいろいろある。煮出すだけではなく、焼いたり、つぶして汁だけ使ったりする。近頃は、こうして下準備を任せてもらえるようになった。

メイルーンは、リリィの準備した鉢を覗いて笑みを浮かべる。

「上出来！　そうしたら、今日はリリィが作ってみる？」

「いいんですか？」

「そろそろ、一人立ちしてもらわないと」

四年の間に、しっかり師匠と弟子としての絆もできている。

どういう事情で森の中で暮らしているかは聞いていないが、メイルーンは薬師としてはかなりの腕の持ち主だった。

王都で暮らす医師がメイルーンの薬が欲しいと使いをよこすこともあるし、貴族の使用人が訪れることもある。

メイルーンの言い付けもあり、そういった人達の前にはリリィは極力顔を出さないようにしていた。リリィの生存が知られないように。

だが、幸いなことに金髪に青い目というリリィの特徴は、この国ではさほど珍しくなく、平民の間にもしばしば見られるらしい。

おかげで、ちらっと姿を見られてしまった人には、『弟子となったメイルーンの遠縁』でごまかせている。

「一人立ち、か……」

なんとか今後、身分証を手に入れて、国境を越えられないだろうか。

国王の存命中は無理だろうか。

もっとも、今さらベルシリア王国に戻ったところで、王女としての生活に戻れる気もしないけれど。メイルーンとの生活は、王宮よりずっと自由だ。

「ほらほら、ぼうっとしてないで」

「……はい！」

なにはともあれ、まずは一人前の薬師になること。

メイルーンが見守っている前で、水から入れて煮出す薬草を鍋に投入する。かき混ぜながら沸騰するのを待って、沸騰したら湯に入れる薬草を追加。火を細めて、じっくり、ことことと効能を引き出していく。最後に、すりつぶした薬草の汁を入れてもう一煮立ち。そこで火を止める。

「どうでしょう？」

「上出来！　もう一人前と言ってもよさそう」

メイルーンが、にっと笑う。

彼女との生活は、思っていた以上に楽しかった。

十四歳で家族から引き離されたリリィにとっては、もう一人の母のように頼れる相手。

今作っていたのは、風邪の症状が出ている時に使う薬だ。喉がいがいがする時、発熱する前に飲むと高確率で発熱する前に痛みが引いていく。季節の変わり目に喉から風邪をひきやすいリリィには、欠かせない薬だ。

欠点は非常に苦いので、飲む時には側に蜂蜜の瓶かキャンディを置いておかねばならないこと。口直しをしないと、長時間口の中に苦みが残る。

メイルーンの小屋は、一階が食事の場を兼ねた厨房、薬を調合する調合室、それに居間兼客間と水回り、調合室にはベッドが置かれていて、治療の場も兼ねている。

二階には寝室が二部屋、そして、薬草の保管庫を兼ねた屋根裏部屋。二人で暮らすには十分な広さがある。

その日の夕食は、リリィが用意した。

用意したのはパンとスープ。根菜がごろごろ入ったスープには、卵を落とし、貴族の使いが持ってきてくれた肉を細かく切れて入れてある。

王宮で暮らしていた頃には考えられなかったような生活だが、スープに肉が入るだけ平民の中ではましな方。

メイルーンのところに来る者達は、しばしばこうやっておすそ分けをしてくれるため、森の中という不便な場所にもかかわらず、食材は意外と豊富だ。

「そうそう、リリィに話しておかないといけないことがあるんだけど」

「なんでしょう?」

「私、ここから出て行くから」

「……は?」

頭が追い付かなくて、スープをすくいかけた手が止まってしまう。ここから出ていくのはリリィではなかったのか。

それを見ながら、メイルーンは笑った。

「悪いね。息子が一緒に暮らそうって言ってくれて」

「……あぁ、そういうことなら」

まだ会ったことはないが、メイルーンには息子がいる。息子——アルネイトは、オロヴェスタ王国の王宮で働いているのだが、この度、王子の領地の代官に任ぜられたのだという。

王子の領地を預かるのだ。責任重大な仕事である。

そこでアルネイトは離れて暮らしていた母親と一緒に暮らしたいと、屋敷に部屋を用意した。しばらくの間は忙しくなるので、メイルーンに体調管理の面から手伝ってもらいたいというのもあるそうだ。

「私は、どうすれば」

「一緒に来てもかまわないけど、ここにいた方が安全だとは思う。どうする？」

「そうですね……」

自分でこの先の人生を切り開けるよう、メイルーンはリリィを一人前の薬師にすべく仕込んでくれた。まだ経験は浅いが、薬師として一人前になったとメイルーンも認めてくれている。

「どうする？　一緒に来る？　それなら、髪は染めた方がいいかもしれないけど」

「私、ここに残ります。ここに残っていたら、師匠の家も守れるし……患者さんのことも気になるし」

メイルーンと離れるのは寂しいが、一人になってもなんとかやっていけると思う。

母国で暮らしていた頃から、花や農作物の品種改良を行う母を手伝っていたから、畑仕事には抵抗なかった。ここに来て、鶏を育てることも、絞めることも覚えた。

一人の暮らしは寂しいと言えば寂しいかもしれないけれど、正直なところ、ここでの生活はリリィの性に合っている。

この森は王都の近くだが、王都に行って人混みの中で生活しようとも思えなかった。

そもそも身分証がないので王都の中には入ったことはないけれど、城壁の外では市場が開かれ品物が売買されている。おかげで、買い物にも不自由はない。

今、リリィが着ている服も履いている靴も、古着の屋台で購入してきたものだ。

「陛下が亡くなったら、また変わるんだろうけどねぇ」

メイルーンのところに来る貴族の使いは、王都の噂も持ってきてくれる。

リリィのあと、三人の妃が入り、五人の妃が後宮から出されて家臣のところに嫁がされたそうだ。妾だった女性も、国王が飽きたら褒章のように望む者に与えられているらしい。

「まあ、あの人は女性に囲まれていないと安心できないのだろうけど」

「あの人?」

まるで、知り合いのように国王のことを呼ぶ。時々、そういう態度を取るのには気づいていた。深くは追及しない方がよさそうなので、リリィの方から突っ込んで聞いたことはない。

「私ももともと後宮にいたんだよ。もう十年近く前の話だけど。私は、国王の不興を買って追いやられた身だから、王宮の者はここには来ないんだ」

四年一緒に暮らしてきて初めて知る事実に、リリィは目を見開いた。

だからこんなに王都に近い森なのに、安全だと言ってくれていたのか。

だが、ますますわからない。平民のメイルーンはなぜ、後宮にいたのだろう。

「……でも、師匠は貴族じゃないんじゃ……？」

「びっくりするでしょう。けれど、あの人は、昔から貴族も平民も見境《みさかい》がなくてね」

メイルーンはもともと、田舎で薬師として働いていたそうだ。材料の薬草は、自分の家の畑で育てたり、森で採取をしたり、市場で買ったりして賄ってきた。

ある日、森で採取をしていたところ、狩りのために訪れていたオロヴェスタ国王とばったり出会ってしまったのだという。手のひらを擦りむいた王を、あり合わせの薬草で手当てしてやったことが、後宮入りに繋がったそうだ。

「私も、あの時は若かったからねー。後宮に入ることが、何を意味しているかなんて考えてもいなかった。美味しいものを食べて、いい服が着られるってそれしか考えていなかったしね」

メイルーンはくすくすと笑った。

国王の目に留まったとはいえ、メイルーンは貴族ではなく平民。そのため、貴族出身の妃からは、大変な嫌がらせを受けたそうだ。

「まあ、陛下は妃達の間のごたごたに疲れると、私の部屋に来てゆっくり睡眠を取っていたのだけど」

話を聞く限り、メイルーンは、妾の中では比較的王の寵愛が深かったらしい。週に一度から十日に一度程度、彼はメイルーンの部屋を訪れた。

そして、メイルーンが配合した薬草茶で心と身体を癒していたそうだ。薬師としての経験が、そこで活きたと言えばいいのだろうか。

「でも、妃達としては、それは面白くなかったのだろうね」

愛を交わすより睡眠目的とは言え、自分達より身分の低い者がしばしば王の訪れを受けている。それは、十分に妬みの理由となる。

やがて、メイルーンは王の子を授かった。母が妃であろうが、妾であろうが、王位継承権を持つ子であることには違いがない。

無事出産はできたものの、寵愛を受け続けるメイルーンは、次第に後宮の中で孤立するようになっていった。

「それで、罪を着せられて、王宮から追放されたというわけ」

十年ほど前のある日、メイルーンの部屋で茶を飲んだ直後、国王が倒れた。

幸いなことに国王は一命をとりとめ、後遺症もなかったが、状況が状況だけに調査の手が入った。メイルーンが用意した茶の茶葉の中に、毒草が混ざっていたそうだ。

メイルーンが自分を暗殺しようとしたと判断した国王は激怒した。本来ならば、その場で処刑となるのを、正妃が取りなしてくれたという。

「『薬草を納品した者の手違いだから、メイルーン自身の責任はそこまで重くない。それに、追放した方が、処刑よりもずっと苦しむことになるから』と正妃様が陛下を説得してくれて、王都からの追放ですんだというわけ」

だが、メイルーンはもともと平民。追放されたところで、処刑よりも苦しいということにはならない気もする。

それを正直に口にすると、メイルーンは声を上げて笑った。

「そうだね、私もそう思うよ。でも、王宮でしか暮らしたことがない陛下はそうは思わなかっただろうね。金銭もほとんど持たされず王宮から追い出したら、野垂れ死ぬ未来しかないって。たしかに息子と引き離されることは辛かったけど、正妃様が面倒見てくれることになったから、そこは安心だったし」

メイルーンをかばってくれただけではなく、正妃は、後宮から出る時に一年は生活できるだけの金銭をこっそり持たせてくれたそうだ。

この小屋も、正妃が使っていいと許可を出してくれたらしい。メイルーンは、正妃から受け取った金銭で薬師として必要な器具類を集め、ここで薬師として生活するようになった。

メイルーンの息子アルネイトは、王位継承権を放棄し、役人として働くと約束して、王宮に残って教育を受けたという。

そして、今回、王子の領地の代官に任ぜられたというわけだ。

「国に連絡を取ることを考えてもいいかもしれないね。今なら、息子の力を借りられる。息子の知り合いを経由すればうまいこと帰せるかもしれないし」

「……ありがとうございます」

一人になるのは寂しい。でも、冷静に考えたら、リリィはここに残るのが一番いいだろう。

そんな会話があってから十日後。

メイルーンは迎えに来た息子と共に、預かることになった領地に旅立っていった。

初めて会ったアルネイトは、母親そっくりな優しそうな二十代後半くらいの男性だった。

リリィに「母を助けてくれてありがとう」と、腰を折る。リリィに対して横暴にふるまうことはなかった。

「助けてもらったのは、私の方です……寂しくなります」

リリィは首を横に振る。

アルネイトが預かる王子の領地は、ここから三日ほど旅をした場所にあるそうだ。今後は、気軽に行き来するのは難しくなる。

だが、年に一度か二度、代官が王子に直接領地について報告する機会があり、その時にはここまで会いに来てくれると約束した。

「いいこと、身体には気を付けて。特にあんたは、季節の変わり目には喉を痛めやすいんだから。蜂蜜も切らさないように。薬草茶もね」

「はい、師匠。気を付けます」

家族のもとを離れる時、母から同じ忠告を受けた、と懐かしく思い出した。

メイルーンはリリィを抱きしめてから、馬車に乗り込む。

リリィは、馬車が見えなくなるまでその場に立ち尽くして見送った。

こうしてメイルーンが旅立ち、一人暮らしをすることになったが、リリィは自分でも驚くほどどこの状況になじんでいた。

たしかにメイルーンがいないのは寂しい。小屋も、ずいぶん広くなったように感じられた。

だが、リリィのところには毎日のように誰かが訪れる。求められた薬を調合し、畑や薬草園の世話をし、森の中に採取に行き、時々小動物を捕らえて肉を得る。

森で手に入らない品は、王都の外で開かれる城外市場で買えばいい。

思っていたよりも毎日慌ただしいのは、今までメイルーンと二人でやっていた仕事を、リリィが一人でやらなければならなくなったからだろう。

顧客達も、リリィがメイルーンの仕事を引き継いだのを快く受け入れてくれて、以前と同じように依頼をしてくれる。

そして、メイルーンがいなくなってから二週間ほど過ぎた頃。

「……メイルーン！　いるか」

という声と共に、一人の男性――ザリウスが小屋に来訪したのだった。

◆　◆　◆

木で作られた屋外用のテーブルにつきながら、ザリウスはリリィの顔をじっと見る。

「メイルーンとは行き違いになってしまったな。もしかして、もうアルネイトのところに行ったのか」

メイルーンの息子の名前を知っているということは、関係者で間違いない。身なりもいいし、王宮に出入りできる富豪か貴族なのかもしれない。

「そうです。アルネイトさんが今度管理することになった領地で一緒に暮らすことになって」

「そうか。もう行ってしまったのか。先に確認すればよかった」

「……すみません、師匠が引っ越しをしていて」

すみません、でこの場合いいのだろうかと思いながら口にする。

こちらに向き直った彼は、リリィが驚くような笑みを見せた。そうやって笑うと、一気に幼く見える。表情が豊かなタイプには見えなかったので、正直なところ驚いた。

「いや、いいんだ」

「え、ええと……お茶用意してきますね！」

薬草茶を出すと言っていたのに、すっかり話し込んでしまった。慌てて踵《きびす》を返して厨房に行こうとしたら、思いがけない発言に足を止める。

「それなら、待っている間、薪でも割ろうか」

「……え？」

「一人で暮らしているんだろ。薪割りぐらい手伝ってやる」

「……ありがとうございます」

リリィがこの家で暮らすようになってから、ザリウスの姿を見たことはなかったが、彼はこの場所をよく知っているみたいだった。

リリィが案内する前に道具小屋に足を向けたかと思ったら、迷わずに斧を手に持って出てくる。

裏手の方に回るのを見て、薪割りはお願いしてしまうことにした。

（……甘いものが好きならいいんだけど）

厨房の隅、食料保管庫を開いて考える。薪割りをしてくれた彼に茶だけというのも違う気がする。

昨日焼いた、砕いた木の実を入れたケーキがある。

日持ちする菓子だし、何日かに分けて少しずつ食べるつもりで用意しておいた。ここでは、自然が恵んでくれる以外の甘味は貴重だから。

湯を沸かし、薬草茶を用意している間にケーキを三切れ切り取った。二切れは彼に、一切れはリリィに。

それぞれの皿に出し、フォークを添えてトレイに乗せる。薬草茶を二つのカップに注いでそれも乗せた。

「ザリウスさん、お茶入りました！」

本当に薪を割ってくれていたらしいザリウスは、斧を下ろし、まくっていた袖を直しながら振り向いた。

「お、ケーキだ」

「私が焼いたので、味の方は保証できませんが」

「美味いだろ。見ればわかる」

誉めたって、何も出ないのに。でも、嬉しい。

いそいそと井戸のところで手を洗ったザリウスは、リリィが勧める前にテーブルについた。やはり、この場所に慣れている。

「あの、ザリウスさんは師匠とはどういった……？」

「母が世話になっていたんだ」

「なるほど」

どうやら、ザリウスの母はメイルーンの顧客だったらしい。もしかしたら、使いに来ていた貴族の使者の中にザリウスの母からの者もいたのかもしれない。

「……美味いな」

ザリウスはカップを手にし、中身をそっと口に運ぶ。それから、ケーキも口にして、同じ言葉をもう一度言った。

「よかった」

メイルーン以外の人に手作りの菓子をふるまうのは初めてだ。相手の口に合ったようでほっとした。

「師匠にご用だったんですよね？　アルネイトさんの連絡先、お渡ししましょうか？」

「いや、大丈夫だ。アルネイトの連絡先なら知っている」

「それなら、よかったです」

ザリウスは、またケーキを一口食べた。彼の口元が柔らかくほぐれる。

それきり、どちらも口を開こうとはしなかった。ケーキを口に運び、カップに手を伸ばす。遠くから聞こえてくるのは、鳥の鳴き声。すっと視線を横に流したら、白い蝶が、薬草園の花に止まったところだった。

二人の間には、妙に静かな時間が流れている。この静寂を、どちらも壊そうとはしなかった。

「御馳走様。本当に、美味かった」

「こちらこそ。師匠に会えなかったのは残念ですが、薪割り手伝ってくださってありがとうございました」

立ち上がってザリウスを見送る。

楽しかったけれど、彼と顔を合わせることは、もうないだろうと、この時のリリィは思っていた。

# 第二章　忘れ去られた花嫁ですが、どうやら恋に落ちたようです

彼とはもう会わないだろうというリリィの予想は大きく外れた。

三日から五日に一度の頻度で、ザリウスはリリィのいる小屋を訪れるようになったのだ。

三日前にも来たばかりなのに、またザリウスはやってきた。大きな袋を馬に載せている。

「あなた、また来たの？」

朝の畑の世話をしていたリリィは、その手を止めて彼を出迎えた。

根菜は日持ちするものが多いし、葉物野菜は植えれば収穫できるまで育つ期間はさほど長くない。時季をずらして育て、なるべく新鮮な野菜が手に入るように工夫している。

食べきれない分は干して水分を抜いたり、塩に漬けて長持ちするようにしたり。

何年も前に死んだとされている『リリエッタ』をまだ探している者がいるとも思わないが、できるだけ城外市場には行かないですむようにしておきたい。

家族に会いたい気持ちはあるが、この静かな生活は、悪くないと思っている。

「リリィに会いに来たんだ」

「……そんなこと言って、仕事をさぼっているわけではないわよね？」

何度か会っているうちに気安い口調で話すようになったが、ザリウスは身分のある人なのだと思う。貴族であるのは間違いない。

貴族とはいえ、働かなくてすむ者はさほど多くなく、領地を持たない下級貴族ならば城に出仕して働いている者も多いはず。王の息子であるアルネイトでさえも、王子の領地の代官という役目を得ているのだ。

なのに、こんなにしばしばリリィに会いに来て大丈夫なのだろうか。

ザリウス、という名前だけは知っているが、偽名かもしれない。どこに住んでいるのかも知らない。

彼の服装と物腰からリリィは勝手に貴族ではないかと判断しているけれど、それも違うかもしれない。

知らないことだらけなのに、彼が来てくれるとウキウキしてしまうから困ったものだ。

「……やるべきことはきちんとやってからここに来ている。問題はない」

本当にそうなら、問題はない。そこから先、ザリウスを追及するのはやめておいた。踏み込んではいけない一線は、確実に存在している。

「馬を繋いでくる」

袋をその場に置き、彼は馬を馬小屋に連れて行く。ここには何度も来ているから、もう慣れたものだ。

戻ってきたザリウスは、葉物野菜を間引いているリリィの様子を見ていた。それから、ひょいと柵をまたいで入ってくる。

「手伝う」

「いいの？　手を貸してくれたら助かるけど」

「力仕事なら任せろ」

「嬉しい。私一人だとちょっと大変なこともあるのよね。柵を直してくれる？」

メイルーンと暮らしている間に、リリィ一人でもなんとかやっていけるようにしておいたはずが、いざ一人暮らしを始めてみると、ああすればよかったこうすればよかったと問題が次々に湧いてくる。

「そこの柵だろ？　修理してやる」

「ありがとう！」

ザリウスは、リリィから道具を借りると手際よく壊れている柵を直し始めた。彼の手つきは流れるようで、あっという間に終了だ。

その間にリリィは畑の世話。間引きが終わったら、芋を掘り出して食料保管庫へ。

ザリウスと過ごす時間は嫌いではない。というか、彼が来てくれた日は、胸のあたりが温かくて、数日はそのぽかぽかが続く。

彼の訪問が、リリィの生活に思いがけない彩りを加えていることは間違いない。

リリィの方から彼にここに来ない方がいいと強く言えないのは、それもある。

「私、あと薬草園を手入れしないといけないの。終わるまで待っていてくれたら、お茶ぐらいは出すわ」

「その間に他にも手伝うぞ。今日はいい茶葉が手に入ったんだ。終わったら二人で飲むというのはどうだ。それから、昼食を食べさせてほしい」

まあ、と目を見開いたら、ザリウスは袋から巨大なパンを取り出した。リリィ一人ならば三日分ぐらいはありそうだ。

パンを焼くのはけっこうな時間がかかるため、普段は粥ですませてしまうことも多い。こんなに立派なパンを見るのも久しぶりだ。

「それと、これも」

次に出てきたのは、油紙に包まれたベーコンである。

さすがに豚は飼っていないし、城外市場でもベーコンはすぐに売れてしまうので、なかなかリリィの手元まで届かない。

「わあ、すごい！」

パンとベーコンを続けて出され、リリィは何を作ろうか考え始めた。

最初は、ザリウスがリリィに差し入れを持ってきたのが始まりだった。せっかくだからと、リリィは彼が持ってきてくれた材料で昼食をふるまったのだ。

それが何度か続くうちに、彼はリリィが作る食事を楽しみにしてくれるようになった。

「では、ここの野菜を間引いてくれる？　サンドイッチにするから」

大きく育てるためには、ある程度間引かなければならない。早めに収穫した野菜もおいしくいただく。ここでは、食材を無駄にするなんてできない。

（昔は、こんなことをするなんて考えてもいなかったな）

王女という出自のわりに、土いじりにためらいがなかったのは、母と花壇の世話をしていたからである。世話と言っても母の手伝いだけだったけれど。

綺麗な花を咲かせるためには、地道な努力が必要だと知っていたからこそ、メイルーンのところで暮らすようになってからも戸惑いは少なかった。

だが、一人暮らしをすることも、自分で食料を得ることも、王女だった時代は想像すらしたことがなかった。

「他に力仕事はないか？　その方がいいだろう」

「実は、薪が足りなくなりそうなの。割ってもらえたら助かる」

厨房で料理をするのにも、暖を取るのにも、薪が必要だ。

森の中で使わない木を拾ってくるだけでは限界があり、木こりから分けてもらっている。

けれど、薪割りもなかなか重労働。自分でやろうと思うとなかなか腰が重くて、薪割りは後回しになりがちだ。

「任せろ。その分、食事に期待しているから」

「……期待が大きくなりすぎるのも困るわ」

互いに顔を見合わせて、くすくすと笑う。

こんな風に異性と会話をかわすなんてことも、以前は想像すらしていなかった。

ザリウスと一緒にいると、なにをしていても楽しいと思ってしまう。

(よし、これで終わり、と)

大急ぎで薬草園の世話を終えたリリィは、厨房へと駆け込んだ。

家の裏手の方から、ザリウスが薪を割る音が響いてくる。

それを聞きながら、ザリウスの持ってきてくれたパンを切り、バターを塗る。塊のベーコンは切り分けて、残りは床下に作られている氷室へ。これでしばらくの間は大丈夫。

ベーコンを軽く炙ったら、その油で卵も焼く。アツアツのフライパンにポン、と落として目玉焼きだ。

間引いた野菜、ベーコン、目玉焼きをパンに挟む。出来上がったサンドイッチをそれぞれ切ったら完成だ。ベーコンの赤、卵の黄色に、野菜の緑。断面が美しい。

皿に盛り付けたそれを見て、リリィは顎に手を当てた。

(……足りないかも?)

身体が大きいからか、ザリウスはよく食べる。

薪割りで身体を動かして、よけいに空腹を覚えているだろう。リリィには二切れ、ザリウスには四切れにしたが、これだけでは足りないかもしれない。

どうしようと厨房の中を見回したら、朝食の時に大量に作ったスープが目に入った。今日の昼食と夕食は、これとパンですませようと思っていたのだ。

こちらには、根菜と昨日収穫した野菜が入っている。芋もたっぷり入っているから、これならお腹に溜まるだろう。

(というか、私は一つでもいいかも)

せっかくの頂き物だからと、ベーコンは分厚く切った。これだけボリュームがあるのなら、リリィにはサンドイッチは一切れで十分かもしれない。

食後に何か甘いもの、と思ったけれど、しばらくケーキもクッキーも焼いていなかった。干したオレンジがあるから、食後にはそれを出そう。ドライフルーツを布にくるみ、作業台の上に置かれていたバスケットに入れる。サンドイッチも布に包んでバスケットに入れた。

器を二つ取り出し、温め直したスープを入れる。バスケットを手に厨房の裏口から外に出たら、ザリウスは薪割りに使った斧を片づけているところだった。

「ちょうどよかった。お昼ご飯、できたの」

「悪いな!」

ザリウスの顔がぱっと明るくなる。

「いえいえ、力仕事を引き受けてくれるだけじゃなくて、食材を持ってきてくれたもの」

テーブルに、リリィはバスケットを置く。それから、一度中に戻り、スープの皿を持ってもう一度出てきた。

ザリウスは小屋には入らないが、天気がいい日にしかここに来ないし、彼としては問題ないのだろう。

リリィがテーブルに料理を並べ終えた頃には、ザリウスは井戸から水を汲み上げて、厨房の裏口脇に置いてある水瓶に水を入れておいてくれていた。その時も扉のところから水瓶に水を注ぐという徹底ぶりだ。

ザリウスが水をくんでくれるのはありがたい。慣れたとはいえ、井戸から水をくみ上げて水瓶まで運ぶのは結構な重労働だ。

「いつもありがとう」

「こちらこそ。リリィの作る飯は美味い」

「おだてても、これ以上は何も出ないわよ?」

サンドイッチの下に布に包んだドライオレンジが入っているのは内緒だ。お楽しみはこっそりの方がいい。

「美味い！」

ザリウスが持ってきてくれたパンやベーコンを使っているのに、まるでリリィの調理の腕が天才的だと言わんばかりに誉めてくれる。

メイルーンもそうだったけれど、自分の作った料理を「おいしい」と喜んでくれる人が一緒に食べてくれるのは幸せなのだと、一人になって初めて知った。

「材料がいいからよ。こんなに上質なベーコン、どうやって手に入れたの？」

「それは内緒だ」

昼の前に、彼は人差し指を立てた。

もしかしたら、屋敷の厨房からこっそり持ち出してきたものなのかも。彼の身元について探りを入れるつもりもないので、この話題はここまでにしておく。

「よかったら、これもどうぞ」

「干したオレンジか！　好物だ」

貴重な砂糖に漬け込んで干してあるから、とても甘い。

結局、六切れ用意したサンドイッチは、五切れがザリウスの胃におさまった。予想通り、リリィは一切れで十分だった。

新しく薬草茶を用意して、食後の甘味を楽しむ。やはり、時間がゆったりと流れていくようだった。

けれど、楽しい時間はあっという間に終わりが来てしまう。ドライオレンジを食べ終えた頃、ザリウスは立ち上がった。

「昼食を食べたら、俺は戻らなくては。また、来てもいいか？」

「もちろん」

「必要なものはないか。次に来る時に持ってくる」

「大丈夫よ、必要なものはそろっているし」

薬を入れるための瓶は城外市場で買えるし、貴族の使いの中には、報酬にプラスして瓶を持ってくる者もいる。特に今、ザリウスに買い物を頼む必要はない。

「……そうか」

「あの、ザリウス。よく眠れないって言っていたわよね？」

力仕事を手伝ってもらって、食料の差し入れまでしてもらって。リリィが提供するのは、彼が持ってきてくれた食材で作る食事だけ。

彼の提供してくれる労力に対して、リリィがお返しできるものはあまりにも少ない気がしてならない。

「……ああ」

「もしよかったら、私の薬草茶を試してみない？　配合は、師匠に教わったそのままだけれど」

「もらう。いくら払えばいい？」

「いただけないわ。だって、あなたはこんなにもいろいろしてくれるんだもの。お返しだと思って」

彼は、少し考えた。それから、笑顔になってうなずく。

「それなら、ありがたくいただく」

「ええ、試してみて、感想を教えてくれる？　もしかしたら、配合を変えた方がいいかもしれないし」

メイルーンから教わった調合には自信があるけれど、人によってどの薬草が効くかわからないから、分量や組み合わせを変える必要もある。

「また、来てくれたら……嬉しい」

そう口にした時、自分の頬がどれほど赤くなっているか。それを自覚しながらも、リリィはそう告げずにはいられなかった。


次にザリウスが来たのは、それから五日後のことだった。いつもは午前中に来るのに、今日は夕方になってから。

「どうしたの？」

ザリウスが、こんな時間にここに来るのは珍しい。

彼の乗っている馬は賢そうだから、暗い中でも迷わず進めるかもしれないが、今から戻るのでは、帰りは暗くなってしまいそうだ。問題はないのだろうか。

リリィの顔を見た彼は、笑みを浮かべた。だがその笑顔には疲れの色が見え隠れしている。

「この間の薬草茶を、もう少し分けてほしいんだ。兄にも贈りたいから、その分も頼む」

「お兄さんがいたの？」

「母は違うけどな」

そう、とリリィは視線をそらした。

たぶん、このあたりは詳細に聞かない方がいい。

「お兄さんの分もあげるわ。お金はもらえない」

「――リリィ。それはよくない。薬師は君の仕事だろう？　君の仕事に相応の対価を払わせてくれ」

「でも、あなたにどうやってお返しをしたらいいかわからないんだもの」

彼からは、受け取るものの方がはるかに大きい。

どうやってお返しをすればいいのかわからない。

薬草茶を少し譲るぐらいかまわないのに。

「俺が、君にいろいろしているのは、俺がしたいからだ。だから、俺の分はもらう。兄の分は、仕事として受けてくれ」

「……わかったわ。そうする」

二人の言い合いに決着をつけたのは、ザリウスだった。少し考えて、リリィも同意する。

「飲んでみてどうだった？」

「そうだな。寝つきの悪さは少し改善した。眠りの深さはそう変わらなかった気がする」

となると、少し配合を変えた方がいいだろうか。それからザリウスにいくつかの質問をし、配合をどう変えるかを考える。

ザリウスの兄の分は、メイルーンから教わった同じ配合で用意しよう。あれが、基本の配合なのだ。

「お兄さんにも、感想を聞いてくれる？　必要なら、次に渡す時に調整するわ」

「わかった」

薬草茶を用意しようと小屋に入ろうとしたところで、不意に、空気の香りが変わった気がした。リリィは空を見上げて、鼻をひくひくとさせる。

「大変！　ザリウス、中に入って！」

「若い女性が一人暮らしをしているところに、入るわけにはいかないだろう」

「その気持ちはありがたいけれど、早く！」

まだ小屋に入ろうとしないザリウスをせっついていたら、みるみる空の色が変わってきた。

「雷が来るから！　しばらく外に出ない方がいいわ。馬は馬小屋に入れてあげて」

森の中で暮らすうち、天候が変化する兆しに敏感になった。でも、今回は少しばかり遅かったかもしれない。

リリィの言葉が終わるか終わらないかのうちに、ザァッと激しい雨が降り始める。

さすがにこの雨の中、外にいるわけにもいかないと思ったのだろう。ザリウスは馬を馬小屋に連れて行くと、走って小屋へとやってきた。

けれど、入口の扉の脇に立ったまま動こうとはしない。ずっとそこに立っているわけにもいかないだろうに。

雨は激しく、馬小屋まで往復するだけの短い時間でも、ずぶ濡れになってしまっていた。リリィは、乾いたタオルを彼に渡す。

「もう少し早く気づけばよかった。この雨、しばらく続くわ」

と、ゴロゴロゴロッと遠くから雷の音が響く。リリィは肩を撥ね上げた。

一人で暮らすようになってからも何度かあったけれど、雷の音は苦手だ。

「天気が崩れそうな予感はしていたんだけどな」

と、ザリウス。

濡れた髪が額に貼り付いているのが、とんでもない色気を放っている。リリィはどぎまぎして、視線をそらした。

タオルの隙間から、ザリウスの目がのぞいている。シャツの肩も濡れていた。

「……ちょっと待っていて。師匠がアルネイトさん用に作ったシャツがあるの」

リリィが来てからは使う機会はなかったが、メイルーンは、いつ息子が泊まりに来てもいいよう、彼の分の着替えも用意していた。

二階にあるメイルーンが使っていた部屋に入り、引き出しを開く。そこにはアルネイト用のシャツや寝間着が残されていた。忘れものだが、ちょうどいい。アルネイトはそこまで長身ではなかったけれど、肩幅はぎりぎりなんとかなりそうだ。

リリィは、シャツを取り出すと階下へと戻った。

と、そこで止まってしまう。

ザリウスは居間で、濡れたシャツを脱いでバケツに絞っていた。上半身が露《あら》わになっている。

最初に顔を合わせた時、騎士ではないかと思ったけれど、そう感じたのは間違っていなかったかもしれない。しっかりとよく鍛えられた筋肉だ。

「気になるか？」

「べ、別にそういうわけじゃ！」

まじまじと彼を見つめていたのに気づいたリリィは、慌てて視線をそらした。

患者の身体を見る機会はあったけれど、今までこんな風にドキドキしたことはない。

「シャツ……袖は短いと思うの。肩幅も……ちょっときつい、かも」

顔をそむけながら、ザリウスの方にシャツを突き出す。

それから、リリィは厨房に逃げ込んだ。

「お茶にしましょう。ちょうど、牛乳もあるし」

「……けどな」

厨房から声をかければ、居間にいるザリウスが返してくる。

「貴族からの使いの人も入るんだから気にしないで。雨がやむまで、ずっとそこに立っているわけにもいかないでしょう？　ひぃっ！」

その瞬間、再び響く雷の音。

一人だったら、耳を塞いで、部屋の隅で丸くなるところだった。なんとか悲鳴はこらえたが、他に人がいてくれるだけで、雷の音から意識をそらせる。

「き、今日来てちょうどよかったわよ。昨日クッキーを焼いたところなの」

湯を沸かして、ティーポットとカップを温める。

せっかくザリウスが分けてくれたいい茶葉だ。丁寧にいれなくては。

「きゃあっ！」

すぐ近くに雷が落ちた音がして、今度は悲鳴を上げた。この小屋に落ちたわけではないとわかっていても、心臓に悪い。

「リリィ、どうした！」

「大丈夫、ちょっと驚いただけ」

心臓が、ドキドキしている。

なんでもないふりを装って、首を横に振る。

トレイにティーポットとカップ、ミルクポットとクッキーの皿を載せて戻ったら、ザリウスはちょうど着替えを終えたところだった。

「俺がやろう」

頃合いを見計らって、ポットからカップに注ごうとしたら、脇からすっと取り上げられた。

ザリウスの手が、ティーポットの中身を二つのカップに注ぎ分けていく。

「……ありがとう」

「落としそうだったからな」

「落とさないわよ」

気づいていなかったけれど、手が震えていただろうか。

いつもなら、一人でも大丈夫なのに。

「暖炉に火を入れましょうか。いつでも使えるように掃除してあるし」

雨が降ってきたからだろうか。急に冷え込んできた気がする。

暖炉は、ちゃんと掃除してある。掃除のしかたも、メイルーンから教わった。

手際よく暖炉に火をおこす。ゆらゆらと揺れながら、パチパチと音を立てている火を眺めていると、外の大荒れな天気が別世界のように思えてくる。

「慣れているな」

「ここで暮らして、長いもの」

十四歳でここに来てから、四年。十分長いと言っていいはずだ。

こちらを見るザリウスの目が優しさを増した気がした。

「さあ、召し上がれ。薬草を練り込んであるから、香りがいいわ。あなたが持ってきてくれたお茶にも合うと思うの」

せっかく暖炉に火を入れたのだ。暖炉の前で食べようか。

暖炉の前にクッションを二つ運ぶ。トレイは二つのクッションの間に。

立ち上がって、蜂蜜を取って戻る。ミルクはたっぷり。蜂蜜もたっぷり。温かくて甘いミルクティーが、気持ちを和らげてくれる。

「美味いな。何枚でも食べられそうだ」

「全部食べてくれてもいいわよ。厨房にもまだあるし。お代わりする？」

甘いものがなくなるのは惜しいが、ザリウスがおいしく食べてくれるのならそれでいい。リリィの分は、また焼けばすむ。

「ここにある分だけでいい。俺は、そんなに大食らいに見えるか」

と、ザリウスは笑う。

リリィはそっと、紅茶に蜂蜜を追加した。

甘いミルクティーは、薬草クッキーとの相性もいい。もっと甘くてもいいかも。

「……おいしい。牛がいればいつでも牛乳が飲めるのに」

「牛は無理か」

「無理ね。そこまで手が回らないもの」

荷車用の馬に加えて牛の世話まではできないので、牛乳は城外市場に行った時だけ。今日、買い物に行ったからたまたまあったのだ。

まだ外では雷の音が鳴り響いているけれど、居間はぽかぽかしているし、甘いものでほっとしたからか、少し落ち着きを取り戻してきた。

「行儀はよくないが、こういうのもいいな」

「誰も見てないものね。私がここに来たばかりの頃、師匠が時々やってくれて。あの頃は、落ち込むことも多かったの」

暖炉でちろちろと燃える火を見ていると、ざわざわしていた心が落ち着きを取り戻す。

川から引き上げられて身を隠すと決めた頃、どうしようもない寂しさに襲われることがあった。

そんな時、メイルーンは薬草茶やミルクティーを作ってくれて、暖炉の前にリリィを座らせた。甘いものと一緒に。

(別に、今は怖いって思っているわけじゃないけど……)

少し離れたところに座っているザリウスに目を向ける。

どうしよう。濡れるのが申し訳ないからとザリウスを小屋に入れたけれど、こんなにドキドキするとは思ってもいなかった。

（……私、変だな）

どうして、こんなにドキドキしているのだろう。それをごまかすみたいに、茶のカップを口に運ぶ。

ぱちぱちという音に、耳を傾ける。

「師匠が教えてくれたの。心が落ち着かない時は、こうするといいって」

「メイルーンも、ここに座ったのか？」

「私が、ここで暮らすようになったばかりの頃には」

不必要な情報は与えない方がいい。だから、ここに来る以前は、どこで何をしていたのかについては語らないようにする。

それをわかっているらしく、ザリウスはすぐに話題を変えた。

「メイルーンに会ってきた」

「会いに行ったの？」

「ああ、少し聞きたいことがあったんだが、メイルーンは元気だったぞ。リリィのことを心配していた」

「そう……会えたなら、よかった」

それきり会話が続かなくなって、これから何を口にすればいいのかわからなくなる。

パチン、と薪が爆《は》ぜる音がした。ザリウスがクッションと一緒に、リリィの方に席をずらす。すぐ側まで来た彼は、リリィの目をのぞき込んできた。

「ここでの生活は不便じゃないか」

「そうでもないわ。けっこう、気に入っているの」

それは、嘘ではない。

王女として、それなりに華やかに装っていた頃もある。重いドレスや宝石を身に着けて、コルセットで腰をぎりぎりと締め上げて。

身に着けている品は、その頃のものとは比べ物にならない品質だが、今の方が楽に呼吸できる気もする。

日の出と共に起きて、動きやすい服を身に着け、一日仕事をして、日が沈んだら早めに休む。髪を結い上げる必要もないし、他の人の目を気にする必要はない。満たされた生活だ。

「そうか。それなら、いいんだ」

今度は、ザリウスも、何を言えばいいのかわからなくなったみたいだ。

どちらも視線を暖炉に向けている。時々、ちらりと視線を相手に投げかけては、気づかれる前に再び暖炉に向ける。

二人の間にあるのは、ちょうど人一人分の空間。その空間がどうしようもなく寂しいとも思ったけれど、それを埋める術も持たなかった。

「……リリィ」

「はい」

気が付いた時には、ザリウスの腕が肩にかかっていた。

ひゅっと息を呑む。

今まで思っていたよりもずっと彼の手は大きかった。リリィの肩にかかる温かさと重み。

異性と関わる機会が少なかった――いや、ここ何年かの間、他の人間との関わりが最小限だった――から、こういう状況には慣れていない。

一気に暴走を始める心臓。

頭もくらくらとしていて、考えをまとめることができない。

ただ、リリィにわかるのは。

この肩にかかる重みが、体温が、どうしようもなく心地いいということだけ。

「……ザリウス？」

先に名前を呼んだのは、この沈黙にどうしようもなく耐えられなくなったから。

返事がないので、こわごわと彼の方に顔を向ける。

顎にかかる手。逃げようと思えば逃げられる。けれど、リリィはそうしなかった。

目を見開いたまま、ただ、固まっている。

どうしよう。自分の目が、うるんでいることもわかっていた。小さく震える唇が、わずかに開く。

「……あっ」

ザリウスの顔が近づいてきたかと思ったら、そのままそっと唇が重ねられる。

リリィの唇に触れている彼の唇。

これが口づけというものか、とぼんやりとした頭のどこかで考える。

王女として王宮で暮らしていた頃、恋愛小説を読むこともあったし、侍女達の恋話を聞くこともあった。

大好きな人との口づけは、幸せな気分になると教えてもらった。

けれど、書物も、彼女達の言葉も、真実ではなかった。

幸せなんて言葉だけでは説明できない。頭の中が真っ白になってしまって、目の前にいる相手のこと以外何も考えられなくなる。

世界中の時が、止まってしまったみたいだった。

このままもっと触れ合っていたい。永遠にこのままでいたい。そう願ってしまうほどに。

重ねられていた唇が、ゆっくりと離れていく。それが寂しくて、目に涙が滲んだ。

「嫌だったか？」

目尻から、ぽろりとひと粒の涙が落ちた。それを見たザリウスが、うろたえた顔になる。

リリィは首を横に振った。

「嫌、ではないけれど……」

この場合、どう返すのが正解なのだろう。驚いたと言うのが、正解なのだろうか。

初めてだった。

誰かとこうやって触れ合うのも。

もっと側にいてほしいと願うのも。

言葉の代わりに、リリィの方からザリウスの腕の中に飛び込む。

背中に回された腕の力強さに安堵するのと同時に、生活が大きく変わってしまうのではないかという恐怖も心のどこかにあった。

恋をしている。ザリウスに、恋を。

今、気づいてしまった。

——だけど。

彼との未来を、想像できるだろうか。

「リリィ、もう一度」

再び、唇が触れ合わされる。

触れて、離れて、角度を変えてまた口づけられる。

まだ、答えを見つけることができなくて、ただ、彼の口づけを受け入れることしかできなかった。

◇◇◇

ザリウスが母に呼び出されたのは、十五歳の誕生日を迎えた直後のことだった。

母の部屋には、書類が山のように積み上げられている。後宮を束ねている母が担当している仕事も多い。きっと、それらについての書類なのだろう。

「あなた、王宮を離れなさい。その方がいいわ」

母の言葉に、ザリウスは申し訳ない気持ちでいっぱいになりながら、頭を下げた。母が今の発言をした真意はわかっている。

「あの人も、俺のことはお気に召さないみたいですしね。それに、王都から離れた方がやりやすいこともいろいろとあるでしょう」

あの人、と他人行儀に呼んだが、今、二人の間で話題に上っているのは母にとっては夫、ザリウスにとっては父――つまり、オロヴェスタ王国国王のことである。

「ええ。国王としては、やり手なのでしょうけれど……私では力の及ばないところも多くて」

母は、額に手を当てて嘆息する。

後世の人間が、父のことをどう評価するのかはわからない。

一代にして、国土を倍の大きさにまで広げた手腕。対外的な戦争ばかりではなく、国内も今が建国以来一番の繁栄の時を迎えていると言ってもいい。

その一方で、ずいぶん前に廃止された後宮制度を復活させた。

ザリウスの母を正妃としたあと、近隣諸国や国内の有力貴族の娘を、多数妃として迎え入れた。時には、脅迫まがいの方法で。

それだけでは飽き足らず、平民出身者や、下級貴族の出の娘など、妃とするには身分の足りない者を何人も妾として迎え入れている。

父の興味が誰に向くのか、その興味をいつまで自分に向けておけるのか。女性達は互いに寵を争い、後宮ではどろどろとした陰謀が手を変え品を変え、繰り広げられている。

その中で、母は正妃として、死人だけは出さないようにと常に気を張っている。疲れの色が見えても当然だ。

「俺は、後宮制度は復活させるべきではなかったと思っています。だが、それを言ってももうどうしようもないでしょう」

後宮の女性達の中には人質としての役割を持たされた者もいるが、脅すようにして連れてきたことで、周辺諸国の怨嗟《えんさ》が積み上がっていくのも感じている。恐怖の支配は脆《もろ》いとザリウスだってわかるのに、父は聞き入れようとはしない。

王子も多数生まれており、王太子が決まっていない今、誰が次代の王になるのかもわからない。今はまだ水面下での攻防だが、数十年後には、大々的に王位継承の醜い争いが起こる可能性もある。

今の父を止めることは、誰にもできない。ならば、父から離れたところで力を蓄えていくしかないだろう。

下手に王都に近いところで力を得ようとすれば、自分の子供を後継者としたい貴族の者が、ザリウスに手を出してくる可能性もある。

「あなたはどうするの？」

「まずは、力を身に付けます。今の俺には、何もかもが足りない」

ザリウスが力をつける決意を固めたのは、昨年、十四歳の時のこと。そう考えるようになったのは、母が背中を押してくれたからだ。

教育も武力も足りていない。まずは、学び、力を蓄えること。

その過程で、自分の支持者となってくれる者を増やしていく。

「……そうね。そうしなさい」

母上は、と問いかけようとして、ザリウスは口を閉じた。

母は、王宮を離れようとはしないだろう。

後宮の管理を任されているのは、正妃である母だ。

正妃という立場にどれほどの権力が与えられているのかザリウスはわからないが、互いに足を引っ張り合う女性達の中、死者を出さないですんでいるのは母の手腕によるところが大きい。

「メイルーンも後宮から追い出されたわ。彼女は頼りにできたのだけれど」

「メイルーンが？」

民間の薬師だったメイルーンは、妾として後宮に入れられた。とびぬけた美人ではないが、明るくて感じのいい女性だった。

メイルーンは、後宮の女性の中で、最も母と親しくしていた。友人と言ってもいい関係かもしれない。

「王都から追放されたの。こちらで手を回したから、住むところと仕事には困らないようにはできたけれど」

異母弟のアルネイトは、王子としては特に秀でたところはないが、生真面目な性格の持ち主だ。メイルーンは後宮を追われたが、アルネイトは成人までの間、後宮で暮らし、母が後見人になるそうだ。

彼はすでに王位継承権を返上しており、役人として出仕するか、王族の領地の管理をする代官になるのが願いだと聞いている。

貴族ではないメイルーンは後ろ盾を持たないから、アルネイトの望み通りにするのが一番平和に暮らしていけるだろう。

それなら自分は？　どうするのが一番いいのだろう。後継者争いは、避けられない未来としてやってくる。

その時、後悔しない未来を選ぶためにも、母を守るためにも力をつけなければ。

「あなたともしばらく会えなくなるわね」

「年に一度は、顔を見せに来ますよ」

母とそう約束して、王宮を後にした。

目指したのは、国境に近い地域。王子みずから国境の安定に乗り出すと言えば、反対する者はいなかった。

ザリウスは国境に近い地域ばかりを選んで転々とし、自分を鍛え上げた。

下手に一か所にとどまり、目をつけられたくはない。父の不興《ふきょう》を買っている自分を、殺したいと願う者はいくらでも出てくるだろうから。


そして王都に戻ったのは、二十四歳の時だった。

それまでの間、ザリウスは積極的に味方を募ってきた。十分力をつけたと言っていい。

今なら、父をいさめ、後宮に残る女性を最低限の人数にできるかもしれない。母もそれに賛成してくれた。

だが、王都に戻った直後。母が亡くなった。

そして、父オロヴェスタ国王もその直後、病に倒れたのだ。

調和を保っていた正妃を失い、独裁者が倒れた王宮は、一時騒然となった。

ザリウスは慌てて王宮内を把握し、半端になっている政務を引き継いだ。

「これから、どうするんだ？」

そう問いかけてきたのは、異母兄のヴィクラムである。

彼の母親は、隣国から嫁いできた王女アデライーデ。

後宮内の妃として、正妃である母の次に尊重される立場にある女性だ。アデライーデが嫁いできたことで、彼女の母国は併合を免《まぬが》れたらしい。

王子達の中でも、彼の持つ権力は他の者より明らかに強い。アデライーデは後宮一とも言われた美貌の持ち主であったことから、父の寵愛も深かった。

ヴィクラムは母譲りの整った容姿の持ち主で、惹かれる女性が多いという噂は、王宮から遠く離れたところで暮らしているザリウスまで伝わってきていた。

「まずは、異母弟妹達、と後宮の女性達をどうするか、だな。望む者がいれば、仕事を世話するなり、縁談を世話するなりしてやりたい」

もう少し、早く戻ってくるべきだっただろうかと後悔の念に襲われるが、積極的に権力争いに乗り出すつもりはなかった。王都に戻ったとはいえ、あまり王宮に近い場所にいるのは好ましくないと考えていたということもある。

「俺も手伝う。父上の手がついていない女性もいるんだが……」

「帰りたいと望んでいるか？」

「本人も望んでいるし、帰してやりたい。若いというより幼い、が正解だ」

その言葉に頭を抱えたくなった。

近頃の父は、ますます若い女性を求めるようになっていたらしい。十四、五歳の娘まで後宮に入れるよう要求するようになったのだとか。

もっとも、「自分の好みになるよう育て上げる」が目的だったようで、一定の年齢になるまで手を出していなかったのは救いと言えばいいのかなんなのか。

自分の子供にはあまり興味がなく、それぞれの母親に任せきりだったくせに、こんなところで育成欲求を発揮しなくてもよかっただろうに。

「中には、我が国に来る途中で亡くなった女性もいる。気の毒なことだ」

ヴィクラムの言葉に、ザリウスは眉を跳ね上げた。

たしかに、旅の途中には、盗賊に襲われるなどの事故などが起こることも多い。

国境を警備し、できる限りそういった状況にならないようにはしてきたつもりだが、すべての盗賊を取り締まるのは事実上不可能だ。

「そうか。そのあたりのことも、きちんと調べなくてはいけないな」

国王である父しか、知らないこともたくさんある。しばらくは、また状況の把握に追われることになりそうだ。

それに、この国には後継者の問題がある。

父の治世が終わりを見えている今、誰を次の王に立てるのか決めねばならない。

こんなに早く倒れると思っていなかったからか、父はまだ王太子を指名していなかった。

ザリウスとしては、異母兄のヴィクラムがいいのではないかと思っているのだが、彼の母親は隣国から嫁いできた女性だ。国内の貴族達の反感も大きい。

国内の有力貴族の娘であり、正妃であるザリウスの母は大きな影響力を持っていた。ザリウスを推す貴族の数が多いのも当然だった。

問題は、ザリウス本人はそれを望んでいないというところであるが。

自分は、誰かを支える立場であればいい。そのために、できる限りの力をつけてきたつもりだった。

「まずは、政務の把握だな。それと、並行して女性達の身の振り方も考えておかなければ」

亡くなったあとのことを考えて、今から動かなければならない。それに、政務を滞《とどこお》らせるわけにもいかない。

しばらくの間、寝る間も惜しんで働くことになりそうだ。

メイルーンをたずねようと思ったのは、王都に戻ってから数か月が過ぎた頃。母の葬儀も終わって、ある程度息をつく時間が取れるようになったあとのことだった。

後宮の女性達が、今でも彼女のところに使いを出しているというのは母から聞いていた。メイルーンならば、きっと様々な噂に触れていて、ザリウスが王宮を離れていた間に何が起こったのか、ある程度知っているだろう。

そう思って、母が与えた小屋に向かってみれば、メイルーンはすでに旅立ったあとだった。

メイルーンの小屋で生活していたのは、彼女の弟子だというリリィだ。

後宮にいた華やかに装った女性達とはまるで違う姿。動きやすい服装に、一本の三つ編みにまとめただけの髪。目立つような容姿ではないが、その飾り気のなさがザリウスの目には好ましく映った。

こんなところで一人暮らしをしているのにも驚いたが、もっと驚いたのは、彼女がここでの生活を楽しんでいることだった。

どう考えても不便で、年頃の娘が好むような環境ではない。だというのに、森の恵みである木の実や果実を使ってケーキやパイを作り、小屋の近くにもうけた畑や薬草園の世話でさえも、楽しんでいるみたいだった。

メイルーンがいないのだから、行く必要もないだろうについ通ってしまう。政務の忙しい合間、少々無理をしても、リリィに会いたかった。

それに、夜はよく眠れないことも多い。眠れない時には仕事をすることにしているから、リリィに会う時間もなんとか捻出できた。

リリィの側にいると、楽に呼吸ができる。

一つだけ気を付けているのは、絶対に彼女の小屋には入らないようにすること。年頃の女性の家に上がり込むなんてありえない。

そんなことをしている間にも、父の容体はどんどん悪くなっていく。意識が戻っても、頭が回らないことが多いようで、簡単な受け答えをするのがやっとだった。

国王の容体については国民や他国には公《おおやけ》にはせず、ザリウス達は国をまとめることに奔走した。

そして、ザリウスが帰ってきて半年後、ついに父は息を引き取った。

すぐに主だった者を集めて協議を行い、次の王を決める。と言いつつ、候補となったのはヴィクラムとザリウスの二人だけ。

「――ザリウス殿下、殿下が王位を継いでください」

「……他に適任者はいないのか」

王家にはヴィクラムを筆頭に、王子が十二人、王女が八人いたが、王子達はほぼ全員、王位継承権を放棄して家臣の家に婿入りするか、メイルーンの息子アルネイトのように仕事を得ることを選んだ。

そして、家臣や貴族達は国外から嫁いできたアデライーデの産んだヴィクラムを王にすることを嫌がった。

となると、残っているのはザリウスだ。ヴィクラムもその方がいいと賛成し、結果、ザリウスが王位を継ぐこととなった。

薄々とは予想していたものの、実際そうなってみると精神的な負担が大きくなってくる。

だが、これで今まであまり手を付けられなかった後宮の解体は速度を上げて進められた。

ザリウスは積極的に女性達への聞き取りを行った。

国へ帰る者、国内での新たな縁談を望む者、仕事を望む者。後宮にとどまることを望んだのは、ヴィクラムの母親であるアデライーデ一人。

アデライーデが残ることを選んだのは、新しい国王であるザリウスが妃を迎えたら、王妃教育をするためということだった。

そんな忙しい合間を縫ってリリィに会いに行く。彼女と過ごす時間だけが、落ち着けた。

国王の葬儀も大掛かりに執り行わなければならなかった。それを終えても一息つく間さえなく、日々、仕事は増えていく。

即位の儀は後回しにして、ひたすら国のために政務を片づける。

必要に応じて、リリィからもらった薬草茶を使いながら、彼女に会いに行く時間をなんとかひねり出す。

さすがメイルーンの弟子と言えばいいのか、リリィの調合の腕はかなりのものだった。

よく眠れないのだと言えば、次に小屋に行った時にはメイルーン直伝の薬草茶を用意してくれる。たしかにそれを飲めばよく眠れた。

同じように、うまく睡眠が取れないと嘆いていたヴィクラムに彼女からの茶を渡したところ、彼にもよく効いたそうだ。

リリィに口づけたのは、気まぐれなんかじゃない。彼女との穏やかな時間が、少しでも長く続くようにと願わずにはいられなかったからだ。

暖炉の暖かい光を見ながら、リリィと寄り添う。

こんなに穏やかな時間は、いつぶりだろうか。リリィが小さく笑って、肩を寄せてくる。

（……幸せだ）

野心のある者から見れば、ささやかな幸せかもしれない。

けれど、ザリウスが望んでいたのはこういう幸せだ。共に暮らす人の体温を間近に感じられる暮らし。

「好きだよ、リリィ」

「……私も」

リリィの方に身体を傾けてささやけば、リリィも身体を寄せ返してくる。腕の中に囲ったら、思っていた以上に小さくて細かった。

強く力を入れて抱きしめたら、壊してしまうのではないかと不安になるほど。

「あのね、私……あなたが会いに来てくれるのは嬉しいの」

ザリウスの腕の中で、そう言ったリリィは微笑む。

メイルーンの教えを受けていたとはいえ、森の中の一人暮らし。きっと、不安になることもあるのだろう。

「だけど、無理はしないで。忙しいのでしょう?」

たしかに、忙しいと言えば忙しい。

リリィにはまだ言えないが、父が病に倒れてからは彼の残したあれこれを片づけ、亡くなってからもさらに、やらねばならない仕事の量も増え続けている。

眠りの浅い日が続いたのはそのためだが、リリィからもらった薬草茶は心を穏やかにするのに一役買ってくれた。

「無理はしないさ。ここに来ると元気をもらえる気がするんだ」

「それならいいけれど」

そっとリリィの額に口づける。

目を閉じてそれを受け入れたリリィは、次には彼女の方から彼の頬に口づけてくれた。

# 第三章　気持ちはどうにもままならないもので

ザリウスと口づけたのはあの雨の夜だけ。

そして、リリィはそれを後悔してはいない。ザリウスの方はわからないけれど、たぶん、彼も後悔していないと思う。

あれ以降、ザリウスとは再び小屋の外で話をするようになった。彼は小屋には入らず、リリィに手を触れることすらしてこない。

だけど、わかる。わかってしまう。

リリィを見る彼の目に浮かんでいる隠しようのない好意。リリィの方からも、同じ目を彼に向けているからわかる。

「好き」と互いの気持ちを伝え合ったのも本当のこと。

それでも、どちらもそこから先に踏み込もうとはしない。

互いが引いた、越えられない線を意識せずにはいられなかった。

（……ここに来る頻度が減ったのは気になる、けれど）

以前は三日から五日毎にここを訪れたけれど、近頃では五日から十日程度に彼の足は遠のいていた。

何か事情があるのだろう。

ここに来る度に、彼の顔は疲労の色を濃くしているから。

リリィが彼にしてあげられることと言えば、自家製の薬草茶を渡すことぐらい。

メイルーンから学び、彼に合わせて配合した薬草茶は、かなり高い効能を持つはずだが、それでも追いつかないぐらい彼の疲労はひどいのだろう。

彼に何をしてあげられるのだろう。自分に問いかけてみるけれど、答えは出そうにない。

せめて、ここに来た時ぐらいは、薪割りだの水汲みだのもせず、ゆっくりとしてほしいと思うのは、今日もザリウスが薪割りに精を出しているからだ。

ここに来る度に割ってくれるから、薪は十分用意されている。今年の冬は、薪に困ることはなさそうだ。

「ザリウス、座って休んだら？」

「やらせてくれ。なかなか、身体を動かす時間もないんだ。ここで働かないと、身体がなまってしまう」

「そういうものなの？」

できれば休んでほしいけれど、彼がそう言うのならもうしばらく任せておこうか。

昼食には彼の好物を並べることにした。少しでも、食べてほしいと思って。分厚く切ったベーコンを入れたサンドイッチ、木の実を混ぜ込んだパウンドケーキ。食後には、林檎だ。ちょうど、他の依頼人から新鮮な林檎をもらったばかりだったのだ。

飲み物は、身体の疲れを取る薬草茶に蜂蜜とミルクを添えて。

薪割りのあとは、厨房の水瓶をいっぱいにしたザリウスは、テーブルの上を見て目を輝かせた。

「今日は御馳走だな！」

「あなたが好きだって言ってくれたものばかり集めてみたの。どうかしら」

木の実のケーキは、最初に彼に出したもの。素朴な味だが、リリィも気に入っている。仕上げに酒をかければ日持ちもするから、いつザリウスが来ても出せるように、このケーキを焼くことが増えた。

「うまそうだ。厨房から、いいベーコンをもらってきた甲斐があった」

「厨房の人に、お礼を言ってくださいな。私の腕じゃなくて、素材がいいの」

「リリィの作るものだからうまいんだ」

こっそり厨房から持ってきたのだろうという気もするけれど、これ以上深いことは聞かないでおこう。

それもまた、ザリウスとリリィの間の暗黙の了解。互いの素性は探らないこと。それを守っているからこそ、今の関係が続けられる。

「無理はしないで」

「できる限り、リリィに会いたいんだ」

テーブル越しに手を伸ばしてきたザリウスが、気遣うリリィの手を取る。彼の手の中に、リリィの手がすっぽりと入ってしまった。やはり、彼の手はリリィの手よりもずっと大きい。

「……無理は、だめ」

「わかってる」

リリィの手を包む彼の手の温かさ。とくとくと高鳴る鼓動。互いの存在を、痛いほどに意識している。

彼がどんな困難に立ち向かっているのかは知らないけれど、こうやって過ごす時間が貴重なのだと改めて思い知る。

「ここでの暮らしは好きか」

「ええ。好きよ……大好き。ここでの暮らしが好きなだけじゃなくて、私はここから離れることはできないの」

ザリウスに事情は言えない。だが、ここから出て行くことはできなかった。

「わかってる。薬師は貴重だもんな。だから、俺の家に来いとは言わないだろう?」

リリィの目を見つめて、ザリウスは微笑む。リリィも口角を上げた。

時々こうして会いに来てくれて。一緒に楽しい時間を過ごす。

それで十分だ。

そう自分自身に言い聞かせていることに、この時のリリィは気づいていなかった。

ザリウスが最後に訪れてから二週間が過ぎた。彼が、こんなにも長期間訪れないのは初めてだ。

（……これでいいのかも。だって、身分が違うんだし）

今のリリィは身分さえ失っているのだから、これでいい。

でも、一人での生活は、以前より寂しさを覚えることが増えた。

ザリウスが来るようになって、誰かと会話をするのがこんなにも楽しいのだと思い出してしまったから。

でも、ここでの生活を捨てられるかと言えば、難しい。いや、無理だ。

前国王が病に倒れたという噂は聞いているが、後宮入りをまぬがれたリリィの生存が知られたら、何が起こるかわからない。もしかしたら、母国に不利益がもたらされるかも。

帰りたいと思っているけれど、実際に行動に移すのならば、慎重にならなければと考えている。

「……それにしても、今回は長いわ」

収穫した薬草を下処理しながらリリィはつぶやいた。

薬草は、乾燥させて保存するもの、酒につけて保存するものなど、長期保存する方法は様々だ。収穫したばかりの新鮮な薬草があるなら、それを使うのが一番だが、いつでも手元にあるとは限らない。収穫できる時に収穫して、こうして保存しておかねばならない。

慣れた作業に、手は自然に動く。その分、考えはぐるぐると巡ってしまう。この数日、ザリウスだけでなく使いたちの依頼がぱたっとなくなったため、何もしていないと悪い方に考えがいきそうだ。

心の中に、ぽっかりと穴が開いてしまったみたいだ。その穴には気づいていないふりをする。

(心配なだけよ。今まで彼が、十日以上ここに来ないってなかったから)

きちんと食べているだろうか、睡眠は取れているだろうか。そろそろリリィが配合した薬草茶がなくなる頃合いだが、新しいものを渡さなくて大丈夫だろうか。

心配したって、彼がここに来るまでリリィにできることはないのに、気が付けば彼のことを考えている。

薬草を束ね、日当たりのいい屋根裏部屋の窓辺に並べて吊るす。屋根裏は、薬草の保管庫も兼ねていて、乾燥させた薬草はすべてここに保管されている。

最後の薬草を干した時だった。

ガタン、とどこかで音がする。

リリィは肩を撥ね上げた。客人ならば、玄関につけてあるノッカーを使うがその音ではない。

森の獣が、ここまで出てきてしまったのだろうか。

この森には、狼やクマのような獰猛《どうもう》な動物も生活しているが、互いの生活圏には踏み入らないようにしている。

（ええと、目つぶし）

刺激物の入った瓶を手に取る。

森の中で出会う可能性のある動物は、目が見えなければ動けない。

リリィのように非力でも、これを上手に使えば身の安全を守るぐらいはできるだろうと、メイルーンが教えてくれたものだ。

そもそも、野生動物の縄張りにこちらから踏み込んではいけないというのもまた、メイルーンの教えだ。動物達との距離は慎重に保ってきたけれど、その均衡が破られたのかもしれない。

「大丈夫、大丈夫。使い方は練習してあるし」

そう自分に言い聞かせる。一人で暮らしているからか、独り言がずいぶん増えた。

右手に瓶を持ち、用心深く二階に下りる。窓から音のした方を見下ろしてみれば、玄関のところに何かいる。

いや、何かというより人間、成人男性だ。

そしてそれが誰なのか、リリィは瞬時に悟った。ここからは、後頭部と背中しか見えなくてもわかる。あそこに倒れているのは、ザリウスだ。

瓶を手近な台の上に置き、そのまま転がるようにして階段を駆け下りる。

「ザリウス！　どうしたの？」

「……リリィ、か……」

ザリウスの馬は、おとなしくその場に立っていた。心配そうな目をこちらに向けている。

「ごめんね、ちょっとここで待っていて」

賢い馬だから、勝手にどこかに行ってしまうことはないだろう。手綱だけその場に結び付けておいて、リリィはザリウスに向き直った。

「……入って」

倒れているザリウスの身体を強引に持ち上げ、苦労しながら地面と彼の身体の間に入り込む。

彼の顔色は真っ青で、このままここに寝かせておくわけにはいかない。

普段だったら何か言うかもしれないけれど、今の彼はリリィの言葉に逆らう気はないようだった。

素直にリリィの肩を借り、小屋の中に足を踏み入れる。リリィの力では、彼を支えるのがやっと。

「お願い。もう少しだけ、歩いて」

リリィよりずっと体格のいい彼を支えながら歩く。触れてみれば、すごい熱を発しているようだ。

調合室のベッドに彼を横たえた時には、一仕事終えた時みたいにぐったりとしてしまった。

（……風邪ではないと思うけれど）

医師ではないが、最低限の知識はメイルーンから叩き込まれている。口を開けて確認するが、喉は腫れてはいない。喉の風邪ではなさそうだ。

怪我をしている様子はないから、傷からの発熱でもない。

と、リリィの目が爪に留まった。青黒く変色している。メイルーンに見せてもらった資料に、こんなものがあった気がする。

（これは……ネルミダ草の毒……？　となったら、まずは身体の中から悪いものを追い出しかないかしら？　彼なら体力はあるだろうし）

熱を強引に下げるのは最後の手段。最初は、身体の中から悪いものを追い出す方向で考えた方がよさそうだ。

彼の体力を維持し、熱に負けないようにする。それと同時に、身体の外に有害物を排出するのがよさそうだと当面の治療方針を決める。あとは、彼の体調をこまめに確認しながら都度治療方針を変えていくしかないだろう。

「薬を持ってくる」

とりあえず、彼の回復力に期待するしかない。地下の氷室から氷を持ってきて、冷たい水を作る。その中で絞ったタオルを彼の額に乗せた。

次に屋根裏部屋に駆け上がって、必要な薬草をそろえる。

調合室に戻って薬を煎じた。それを椀に注ぎ、ベッドへと向き直ると、ザリウスが瞼を瞬かせる。リリィの姿を認識したらしく、唇がわずかに動いた。

「……起き上がれる?」

無言のまま、ザリウスが少しだけ上半身を持ち上げる。背中とベッドの間に手を差し入れて、身体を起こしてやった。

「体力を維持しないといけないの。この薬を飲んで」

「……すまない」

「いいえ……毒を、盛られたのね」

そう言うと、彼は驚いたように目を丸くした。何か問いかけた口に、薬湯をすくった匙を突っ込む。

「爪の色が変わっている。ネルミダ草から抽出した毒じゃないかしら」

「……そうか」

「とにかく、体力を維持しながら、悪いものを身体の外に出すしか、今は手がないの……だから、これを飲んで」

ネルミダ草から抽出された毒物は、無味無臭だから、口に入れても気づきにくい。

かなり即効性が高く、毒性も強い。発熱程度ですんでいるのが、おかしいと言えばおかしい。体内に入った量がわずかなのか、それとも彼の体力か。

「迷惑を、かける」

「それはいいから。私は薬師だもの。あなたにできるのは、薬を飲んで、おとなしくしていることだけよ」

椀の中身を彼が飲み干したところで、シャツが汗まみれになっているのに気づく。

(……着替えを持ってこなくちゃね)

血まみれの怪我人が運び込まれてくることもあるから、常に真新しい寝間着は用意してある。

前開きで傷の処置がしやすいものだ。

身体に合ってなくても、この場合どうにか間に合わせるしかないだろう。幸い、ボタンではなく、前を合わせて紐《ひも》で結ぶだけだ。

棚から、真新しい寝間着を取り出す。たぶん、なんとかなる。

振り返ったら、ザリウスは枕に頭を戻して目を閉じていた。

「汗をかいているから、ふいてから着替えた方がいいと思うの。シャツを脱がせるけど、いいわよね?」

薬の効能が早くも出始めているのか、ザリウスの目は眠そうに半分閉じている。返事がないのを了承の印とし、リリィは彼のシャツに手をかけた。

上から順にボタンを外し、一気に袖を引き抜く。下着も取り去ってしまい、首筋にタオルを当てた。

以前、彼の上半身を見たことがあったから、よく鍛えているのはわかっていたが、よく見てみるとそれだけではなかった。しっかりとした筋肉がついているし、いくつか傷跡も残っている。

（……それにしたって）

傷跡から察するに、かなりの深手だったものもありそうだ。こんな傷を負って、よく生き残っていたものだ。

（……生きていてくれてよかった）

彼が、どんな人生を送ってきたのかリリィは知らない。

必要以上に彼の人生に踏み込むつもりもなかった。

けれど、きっとリリィには想像もつかないような厳しい環境で生きてきたのだと実感させられる。生きていたからこそ、リリィは彼に出会うこともできた。

手早く着替えさせ、再び横たわらせた時には、ザリウスは完全に眠りに落ちていた。眉間に寄った皺。薄く開いた唇、せわしない呼吸。

こんな時、リリィにできることはあまりにも少ない。額に冷たいタオルを乗せ、時々取り替えるぐらい。

（師匠からもらった資料を、もう一度見直してみよう）

手持ちの薬草で、あとはどんな処置ができるだろうか。

メイルーンからの教えを書き留めたものもあるし、メイルーンが書き残したメモも譲り受けた。あとで調べることにしよう。

その前に、やらねばならないことがある。

待たせたままだった馬を馬小屋に連れて行き、馬具を外す。

リリィが買い物に行く時に荷馬車を引かせている馬と顔を寄せ合い、何か話をしているみたいにも見えた。

「あなたのご主人は、私が助けるからね。少しだけ、待っていて」

そう言い聞かせると、ブルルと鼻を鳴らす。リリィの言いたいことがちゃんと伝わっているみたいだ。やはり、この馬は賢い。

馬達に新しい水と餌をやってから、小屋へと戻る。

手持ちの資料をかき集め、調合室へと運び込んだ。

それから、と頭の中で次に何をすべきかを懸命に考える。

ザリウスに食事もさせなければ。胃に負担をかけないように、野菜の原形がなくなるまでくたくたに煮込んだスープにしよう。

手を動かしていれば、余計なことは考えなくてすむ。

メイルーンのところに運び込まれた病人や怪我人が亡くなるのに、今まで何度も立ち会ってきた。けれど、ザリウスが命を落としたなら……なんて、想像するだけで恐ろしい。

「余計なことは、考えない。私は、私のできることをするだけ」

ザリウスの着ていた服は、洗濯して吊るしておこう。

メイルーンの資料を確認し、忙しく動き回る。

今、目の前にあるやらなければいけないことに集中する。リリィにできるのは、それだけだ。


ザリウスが小屋に転がり込んできてから、三日が過ぎた。

「……熱、少し下がったかも」

この三日、リリィはほとんど眠っていない。

ザリウスが目を覚ましたタイミングで水を与えたり、スープを飲ませたり、額に乗せたタオルは常に冷たいようにタイミングを見計らって取り替えてやったりもした。

その間に、メイルーンの残した資料を読み直し、よりいい薬を調合できないか考える。

ザリウスの看病だけでなく、馬の世話もした。

リリィが休むのは、ザリウスのベッドの側、椅子の上。

運び込まれてきた怪我人のために付き添うことはあったけれど、メイルーンがいた頃は、交代で休む時間も取れた。今は一人で全部やらなければならないから、休む余裕もない。

「……リリィ」

「気が付いた？」

そろそろ自分も限界かもしれないと思っていたら、ザリウスが目を開いた。

彼の声は、今までよりもしっかりとしている。額に手を当ててみると、少し前に測った時よりも体温は明らかに低くなっていた。

ザリウスの目の焦点も、今までとは違ってしっかりとリリィに合っている。

「……俺はどうしてここに？」

「覚えてないの？　三日前に、あなた、ここに来たところで倒れたのよ」

リリィの言葉に、彼は目を見開いた。三日、と口の中でつぶやく。

上半身を起こそうとしたので、慌てて背中に手を添えてやる。ベッドに上半身起こした彼は、自分が寝間着を着ているのに初めて気づいたようだった。

「……これは？」

「患者さん用の寝間着。あなたが着ていた服はそこに」

目線で、側のテーブルを示す。泥にまみれていたので、綺麗に洗ってアイロンをかけておいた。

額に手をやったザリウスは、小さく息を吐く。それからゆっくりと、リリィの方に向き直った。

「ありがとう。俺の命の恩人だな」

「いいえ、私はできることをしただけ。薬師だもの」

そう返すと、ザリウスはわずかにうなずいた。ぐぅと彼の胃が音を立てて、リリィはくすくすと笑う。

「元気が出てきた証拠ね。スープから始めましょう」

三日の間、ザリウスが口にしたのは、水と野菜をたっぷり入れて煮込んだスープの汁だけだ。具の方は、リリィがありがたく食事にいただいた。

今朝もそれを仕込んでおいたから、まずはそれを。いきなりたくさん胃に入れるのもよくない。

一度目を覚ますと、ザリウスはめきめきと回復していった。

翌日には、完全に熱は下がっていたし、普通の食事も取れるようになっていた。彼の回復力に、リリィも驚いたほどだ。

「……そろそろ、戻らなければ」

そう言い出すのもわかっていたけれど、リリィは素直にうなずけなかった。毒を盛られるなんて、きっとやっかいなことに巻き込まれるに決まっている。

けれど、リリィに彼を引き留める権利なんてない。リリィと彼の関係は、ただ、彼がここに通ってくるから成立しているもの。

「今日はもう遅いし、明日の朝にしたらどう？」

結局、リリィに言えたのはそれだけ。

実際、もう夕方近い。いつもの彼なら何も問題ないだろうけれど、暗くなったところで何かあったらと思うと怖い。

少し考えて、ザリウスはうなずいた。

「そうしようか。まだ、リリィに礼もしていないしな」

「お礼なんていいわ。気にしないで」

とりあえず、馬の餌をやってくると言ってリリィが外に出ると、ザリウスも続いて外に出てきた。

外の空気を吸うのは悪くないと思っていたら、井戸へ行って水を汲み始めている。

「ちょっと待って！　まだ早いってば！」

「もう本調子だから大丈夫。自分の身体のことは、自分が一番わかっているから」

「もうっ」

止めたけれど、聞いてくれそうにない。

たしかに、体力は完全とは言えないにしても、かなり戻っているのはリリィもわかっている。

自分の体力がどこまで回復しているのか一度確認するのも悪くないだろうし、やりたいようにやらせてみよう。

その日の夕食は、二人そろって居間で取った。

ザリウスの意識が戻らなくて買い物に行けなかったから、食材が乏しかった。ハムの切れ端とジャガイモと玉ねぎを入れたオムレツ。それに、野菜がくたくたになったスープとパン。

いつもふるまうよりもわびしい食事を取っていると、不意にザリウスが食器を置いた。

「リリィ」

「何?」

「俺と、一緒に来ないか?」

真面目な顔をして、ザリウスが問う。

今まで、彼がリリィにそうたずねたことはなかった。リリィがここから離れたくないのを彼は知っていたし、強引に連れて行くつもりもなかったから。

「前にも言ったけど、私はここがいいの。あなたが誘ってくれるのは、嬉しい……ほんとよ?でも、私はここの生活を捨てられない」

彼の誘いは嬉しかったけれど、リリィは首を横に振った。

リリィが彼の誘いを断ったからか、ザリウスもそれ以上は何も言わなくなった。二人、食事を取る厨房は妙に静かに感じた。

無言のまま食事を終え、後片づけもすませる。寝る支度をしたら、あとはそれぞれの部屋へいる。

と引き上げるだけ。

「……おやすみなさい」

昨日からは、ザリウスはメイルーンの寝室、リリィは自分の寝室、ときちんと部屋を分けている。

先に立って階段を上がる。

思うことはいろいろとあるけれど、ザリウスと共に行くことはできない。

――けれど。

彼はもうここには来てくれないと思うと、寂しかった。

自室のドアノブに手をかけたところで、その手に背後から手が重ねられた。そのままもう片方の手が伸びてきて、後ろから抱きしめられる。

「……リリィ」

いつの間にかザリウスが背後に来ていた。耳元で囁《ささや》かれる声は、あまりにも甘くて切実で。

リリィを求めているのだと、それだけでわかってしまう。

(……このままにしておくつもりだったのに)

うかつに距離を詰めてもいいことはない。時々、会いに来てくれておしゃべりをするだけでいいと思っていた。

この平和な生活を失いたくなかったから、踏み出すつもりもなかった。

けれど、ここまで来たら、自分の心には嘘をつけない。

重ねられた手を引き抜き、強引に向きを変える。顔を上げたら、真正面から目が合った。

その奥に潜んでいる熱を、否定できなかった。

「ザリウス。私を、あなたのものにしてくれる？」

彼の首に腕を回し、爪先立ちで伸び上がって、リリィから唇を重ねる。

驚いたように一瞬離れた唇が、次の瞬間には強く押し付けられた。唇を重ねてしまったら、もう止まらなかった。

むさぼるように角度を変えて幾度も唇を押し付け合う。背中に腕が回されて、強く抱きしめられた。

呼吸を求めて口を開くと、すかさず彼の舌が入り込んでくる。

濡れて熱い舌。その熱に、頭がくらりとした。

ザリウスの舌は、リリィの口内を探っていく。上顎の裏側を舌先でくすぐられ、腰のあたりに甘ったるい愉悦《ゆえつ》が漂い始めた。

（……夢みたい）

ザリウスと、こんな風に情熱的なキスをしているなんて。

足に力が入らなくて、懸命に彼の身体にすがる。

キスを解いて、お互いの唾液で濡れた唇を、リリィはそっと指先で拭った。

彼の名を呼びたいのに、唇が震えていて言葉にならない。静かに見つめ合う。

何を言えばいいのか、互いに言葉を探しているみたいだった。

背中に腕が回され、再び強く彼の腕の中にとらわれる。

どちらからともなく顔を寄せ、唇を触れ合わせる。熱を帯びた視線はそらさないまま。

互いの体温を感じ取ってしまうと、あとは止まらなかった。

「……んっ……ふぅ……」

リリィの唇の形を確かめているみたいに、ザリウスの舌が這う。くすぐったいような、むずむずするような不思議な感覚。

互いの口内を余すところなく擦《こす》り上げるような深いキスなのに、不思議と息苦しさはなかった。それどころか、ずっとこうしていられればいいと思うほど心地よくて、身体がふわふわしている。

「リリィ」

「んぁっ」

キスの合間に名前を呼ばれて、ぞくりと背中が震えた。

まるで魔法をかけられたみたいに、一気に身体の奥深くに火がつく。お腹の奥がずきずきして、今まで知らなかった感覚に翻弄《ほんろう》され始めていた。

腰を抱き寄せられ、背中を支えていた手がゆっくりと背中を上下する。

そこから送り込まれてくる柔らかな感覚が、確実に快感へと変わり始めていた。

「あ……や、ぁ……」

服越しだというのに、的確すぎる刺激。指先で背筋をなぞられて、それだけでもう立っていられなかった。崩れ落ちそうになったリリィの耳元で、彼が囁く。

「本当に、いいのか？」

「……いいわ。あなたが好きだから」

他の人なら、絶対にこんなことはしない。

だって、ザリウスとリリィの間に確実な未来なんてない。けれど、それでもいいと思ってしまった。

彼になら、すべてを捧げてもかまわない。

リリィの持つすべてを。

「ありがとう、リリィ」

もう一度、確かめるようなキスをして、離れたくないと言わんばかりに舌を絡ませ合う。くちゅくちゅと淫《みだ》らな音がして、聴覚からも官能を煽《あお》られる。

自然と腕をザリウスの首に巻き付けていた。もっととねだるようにリリィからも舌を差し出す。熱く濡れた舌が絡み合う感覚。ぞくぞくする。

「んっ……はぁっ」

やがて、ゆっくりと唇が離れていく頃には、リリィは完全に息が上がっていた。見上げた彼の目に映っているのは、だらしなく蕩《とろ》けた顔。

ザリウスの身体に縋《すが》り付くようにしてなんとか身体を支えている。

「そんな顔をしちゃ駄目だ」

「なぜ?」

「俺が、自制心を失ってしまいそうになるから」

そんなの、失ってしまってもかまわないのに。

ザリウスの胸に額を擦りつける。

こんなに甘えた仕草をしたのは、いつ以来だろう。でも家族に甘えていた時とは、状況も、気持ちもまるで違う。

そっと膝がすくわれ、身体が宙に浮く。かと思えば、そのままベッドに下ろされた。

恥ずかしさに思わず肩に力を入れると、なだめるように額に口づけられた。それから、頬に、反対の頬に、鼻先に、そして、唇にも。

優しい触れるだけのキスを繰り返しながら、ザリウスの手が胸に触れた。

大きな手に包み込まれて、柔らかな膨らみがゆっくりと揉《も》みしだかれる。壊れ物を扱うように触れられるのが、じわじわと悦《よろこ》びを生み出してくる。

「んっ」

時折、胸の先端を指が掠めて、その度にぴくんと肩が撥ねてしまう。

それが恥ずかしくて顔を背けると、強引に顎を摑んで引き戻された。

そのまま耳朶を甘噛みされ、首筋にも唇を落とされた。触れているだけなのに、甘ったるい吐息が零れていく。

「あぁっ」

彼の手が、服の上から胸を揉みしだく。それを受け入れるように背中をしならせると、歓喜の感情が湧き上がってきた。

背中とシーツの間に、ザリウスが手を差し入れてくる。

もう片方の手で、ブラウスのボタンが一つずつ外されていった。ブラウスの袖が引き抜かれる。

今度は、首筋や鎖骨にも唇を落とされる度、ちくりとした痛みが走った。身を捩《よじ》るリリィにはかまわず、ザリウスは幾度も同じ動作を繰り返した。

「ずっと、リリィとこうしたかった」

そう囁く熱っぽい声。吐息が耳朶にかかってまたぞくぞくする。

その間も大きな手は、両乳房をこね回しながら、敏感な頂を押しつぶすように愛撫してくる。下着なのに、そこを摘まれた瞬間に痺れるような快感が生まれた。

思わず悲鳴のような声を上げてしまって、慌てて唇を噛む。するとすかさずザリウスの指が、咎《とが》めるように唇を撫でる。

「我慢しなくていい」

その手が頬を撫で、首筋を滑って、胸元に落ちる。

「綺麗だ、リリィ」

彼の指はまるで魔法みたいに、的確にリリィの快感を引き出していく。胸の形が変わるほど強く揉みしだかれながら先端を爪で弾かれると、もう我慢できなかった。

「あっ……やぁっ」

上ずった声と同時に、びくんと腰が跳ねる。自分の身体なのに、思うようにならなかった。

身体がどんどん熱くなる。

もっと触れてほしくて、無意識のうちに背中をそらしていた。

それに応えるように、ザリウスは両方の乳首を同時にきゅっと摘まみ上げる。そのままくりくりと転がすように刺激され、背中がわななないた。

強すぎる快楽から逃れようと身を捩るが、逃がさないとばかりに引き戻される。

「はぁんっ」

かと思えば、爪で先端を弾かれて、一際高い声が上がる。

巧みな指先が敏感な頂をぐりぐりと引っかき、広がる甘美な喜悦は下半身の疼《うず》きへ直結して、慣れないリリィを悩ませた。

無意識に膝を擦り合わせて身をくねらせる。

だが、ザリウスはその程度の抵抗では許してはくれなかった。

しっかりと胸の蕾を摘まれたまま、もう片方の頂を口に含まれた。熱い舌で転がすように舐められ、逃しようのない淫らな熱が身体の内側からリリィを蕩けさせていく。

「あぁっ！」

自分がこんなはしたない声を上げるなんて、想像したこともなかった。

恥ずかしくてたまらないはずなのに、もっとしてほしいと思ってしまう。

なんてふしだらなんだろう。

ザリウスはそんなリリィの葛藤を見透かしたように、執拗に胸への愛撫を続けた。

強く吸われて甘噛みされると、それだけで高い声が喉をついて出る。

もうこんなになっているなんて信じられない。羞恥と快楽がない交ぜになって、思考がぐずぐずに溶ける。溶かされる。

乱れた服が滑り落とされ、そのまま、足先から一気に抜かれた。下着も取り払われ、生まれたままの姿を彼の前でさらしている。

恥ずかしくてたまらないはずなのに、彼の視線を意識する度に身体の芯がきゅんと疼く。

シーツを引き寄せ、身体を隠そうとしたら、やんわりとその手を止められた。

「ダメだ。全部俺に見せてくれないと。リリィは、俺にすべてをくれるんだろう？」

ザリウスは、リリィの首筋に唇を落とした。首筋から鎖骨、胸へと辿るように口づけながら下りてくる。時折強く吸い上げられ、赤い痕が刻まれていく。

「あ……あぁっ」

生み出される甘い波に耐えきれず身を捩るが、その動きを利用して巧みに身体を押さえ込まれる。あらわになった素肌に触れるザリウスのシャツ。その感触にまで、ぞくりとしたものが背筋を這い上ってくる。

「ザリウス……んっ……」

甘やかな痺れに身体が支配されて、彼の名を呼ぶことすらままならない。それどころか、もっととねだるように胸を差し出し、自然と身体がくねる。

下肢《かし》からとろりと愛蜜が滴り落ちた。

自分でもわかるほどそこは熱をはらみ、じんじんと疼きを訴えている。

「リリィ」

無意識に太腿を擦り合わせ、羞恥でぎゅっと目をつぶっていると、ザリウスが優しく名前を呼んだ。

恐る恐る目を開くと、熱をはらんだ視線に絡め取られる。

思わず漏れた吐息に応えるように、彼はふっと笑った。その笑顔はどこか切なげでありながらも艶めいている。

「可愛いよ、リリィ。俺のお姫様」

こんなに真正面から可愛い、と言われたことはなかった。

蕩けるような甘い視線、低くて身体の芯まで響く声。

危険だと本能的に思った。肌がぞくりと粟立つ。

これ以上はまずい。戻れなくなってしまう。戻る気もないけれど。

「ザリウス……私……もう……」

「ん？　どうした？」

リリィの訴えを、彼はわざとはぐらかした。

膝が緩んだ隙に間に彼の身体が割り込んでくる。慌てて膝を閉じようとするが、遅かった。

濡れてひくつく花弁の間に指が割り込んできて、びくりと身体が跳ね上がる。

間をそっと撫でられると、また新たな蜜が溢れ出した。それを掬《すく》い取られ、塗り込めるように愛撫される度、くちゅくちゅと淫らな音が響く。

「ふ……あぁっ」

「やぁっ……ダメッ」

「駄目ではないだろう？　こんなに気持ち良さそうなのに」

指先でまたも優しく撫でられ、その刺激だけで身体が跳ねる。それでも、決定的な何かが足りない。もどかしくて腰が揺れるのを止められなかった。

こんな彼の声は知らない。こんな表情も知らない。

巧みに快感を引きずり出す指先にあらがえない。

ただ彼に触れられている場所から広がる熱に浮かされるだけだ。

「……知らな、い……！」

この熱は、どうしたら逃せるのだろう。この疼きは、どうすれば治まるのだろう。

今のリリィにはわからない。何も考えられない。

混乱し続ける間も、花弁の間に入り込んできた指は休むことなく緩やかに動いていて、ひっきりなしの刺激に、埋められていない奥の方がきゅっとなる。

「あぁっ……あっ……」

何かに縋りたくてシーツを握りしめるが、うまく力が入らなかった。身体がおかしい。意識すら飛んでしまいそう。

「ザリウス……あ、ぁっ、ダメ、へ、変なの……見ないで……！」

「俺しか見てない。俺だけだ」

彼は身をかがめ、真っ赤に染まる耳元に唇を寄せた。そして、低く掠れた声で囁く。

欲情をはらんだ艶っぽい響きだった。ぞくぞくする。

身体の芯から溶けてしまいそう。声だけで、こんなに煽られるなんて。

「……怖い」

知らず、涙が頰を伝っていたのを彼の唇がそっと拭い取った。少しだけ、息をつく余裕を与えられる。

優しい仕草とは裏腹に、指の動きは止まらない。蕩けて開ききった花弁をかき分け、その奥に隠れていた花芽を捉える。

「あ……あぁぁっ！」

悲鳴じみた嬌声が上がった。愛蜜のぬめりを借りた指が、敏感な芽を細かく震わすように刺激してくる。

自然と腰が浮き上がり、もっと決定的な強い刺激が欲しくて、ねだるように自らザリウスの首に手を回していた。

「あぁっ……あ、あぁ……」

指の動きに合わせるように、シーツの上で身体が躍る。

触れられる度に、激しい灼熱が背筋を駆け抜け、頭の先で弾けて消える。はしたない欲望が溢れて止まらない。

唇からはあたりをはばからない声がひっきりなしに上がり、より深い快感にひたろうと意識が一点に集中していく。

「あぁっ……あ、ザリウス……」

「もっと乱れて、俺だけに見せて」

いつの間にか指が増やされていて、より強く花芽が押しつぶされる。それがたまらなく気持ちいい。びくんびくんと身体が跳ね上がる。

ただただこの熱をどうにかしたくて、悦楽の衝動に身を任せるしかなかった。

そんなリリィの様子を見ながらも、ザリウスは愛撫の手を緩めようとはしなかった。それどころか、指の動きはますます激しくなる一方だ。もう片方の手が伸びてきて、硬く立ち上がった胸の頂を摘まみ上げる。

「あぁっ！」

その瞬間、目の前が真っ白になった。身体の奥から何かが込み上げてきて、弾けそうになる。

流されまいと身体に力を入れたけれど、ザリウスはさらに追い打ちをかけるように空いている方の乳房に唇を寄せてきた。

すっかり硬くなっている先端を濡れた舌で突かれ転がされ、もう一方は指の先で震わされる。

さらには、一番敏感な芽まで刺激されてはたまらない。

あっという間にリリィは流された。

息をつく間もなく一気に押し上げられる。背筋をそらし、喉の奥から嬌声を響かせた。弓なりになったまま、身体全体が痙攣《けいれん》する。

閉じた瞼の裏が白一色に染め上げられ、初めての官能に身体全体でひたった。

やがて、ゆっくりと身体はシーツに沈み込み、リリィは呼吸を整えようとした。

「……私」

「リリィ」

名前を呼ばれて視線を上げると、熱っぽい視線に絡め取られた。

「今日のリリィは……本当に、可愛い」

もう何度言われたかわからない言葉なのに、聞く度に身体が熱くなる。彼の声が耳元から全身に染み渡っていくようだ。

「ザリウス……」

彼の名前を呼ぶ声が、自分でも驚くほど甘い。まるで自分の声ではないみたい。

リリィの名を呼ぶかわりに、彼は新たなキスをリリィに贈った。

触れるだけの優しい口づけは、すぐに深いものへと変わっていく。

舌を絡ませ合い、互いの唾液を交換するように夢中で貪《むさぼ》り合う。再び動き始めた彼の手は休むことなく身体を探り続けた。

大きな手で乳房を揺らされ、それが新たな快感の呼び水となる。

休むことなく蜜を溢れさせ続ける花弁の間を指がくすぐった。快感を得ることを覚えたばかりの花芽が疼く。

「ん……はぁ……あぁっ」

一度絶頂を迎えた身体は敏感になっていて、どこに触れられても簡単に反応する。

ザリウスはそれに気づいたのか、再び花芽に触れてきた。円を描くように優しく撫でられると、それだけで腰が跳ね上がる。同時に胸の先端を摘まれて転がされると、もう声を抑えることなどできなかった。

もっと深くまで触れてほしい。そんな欲求が湧き上がってきて、知らず腰が浮き上がる。

「あ……あぁ……気持ち……い、い……！」

花弁の間をぬるついた熱が往復する度、絶え間なく響く水音。

ザリウスの指は、焦らすように入口のあたりばかりを行き来していた。その度に切なさが増していくばかりで、もう限界だった。

「や、あっ……変、なの……苦しい、から……」

ぐっと、指が中に押し込まれる。

痛みを覚えるどころか、ゆっくりと抜き差しされる度に甘い疼きが広がっていく。

もっと深くまで入ってきてほしいと思う半面、これ以上されたらどうなってしまうのかという恐怖もあった。

けれど、その葛藤すら今は興奮を煽る材料にしかならない。

「リリィ」

名前を呼ばれて視線を上げると、熱をはらんだ視線が絡み合う。彼の目に映る自分の姿を見た瞬間、身体全体をぶるりと震わせてしまうほどの歓喜に見舞われた。

もっと見てほしいと思うと同時に、見られたくないとも思う。

そんな相反する感情が入り混じりながらも、視線を外すことができない。

もっと、とリリィがねだるのと、彼の指の動きが速くなるのとどちらが先だっただろうか。

「あぁっ、あっ……やぁっ」

ぐちゅぐちゅと水音が激しくなるにつれ、身体に溜まっていた疼きがどんどん大きくなっていく。

気づけば、より強い快感を得るように腰を揺すっていた。それに応じるように、ザリウスの指の動きも激しくなる。

ある一点を擦られた瞬間、今まで以上の快感が全身を貫いた。頭が焼き切れるかと思うような刺激に、リリィは身体をのけぞらせて身悶える。

「ここがいいのか？　リリィ」

その反応に気を良くしたのか、ザリウスは執拗に同じ箇所を擦り上げてきた。

あまりの快感に意識が飛びそうになるけれど、休む間もなく与えられる快楽によって引き戻される。何も考えられないほど頭が真っ白になっているのに、身体では貪欲に彼を求めている。

「あぁあっ、やぁっ、あ、ヤダ、いやっ」

強すぎる快感に恐怖を覚え、リリィは必死にザリウスにしがみついた。

彼はそんなリリィを安心させるように額に口づけると、さらに強く速く指を動かしてきた。

「だめっ……また、きちゃ……ん、ぅ！」

あっという間にまた絶頂に押し上げられそうになる。けれど、今度は寸前で指を止められてしまった。

指が引き抜かれて、小さく不満の声が漏れる。

リリィは切なげに彼を見つめた。もっと欲しい。彼が、欲しい。

小さく笑みを浮かべたザリウスは、身に着けている衣服を脱ぎ始める。シャツを放り投げると、均整の取れた美しい上半身が現れた。

よく鍛えられた身体、あちこちに残された傷。凝視しているのに耐えられなくなり、そっと視線を外す。

「リリィ、俺を見ろ」

それでも、視線を戻せなかった。さらに衣擦れの音が続く。

「もう全部見ただろうに」

ザリウスが小さく笑う。

「それとこれとは、別問題よ……！」

あの時は、治療だ。今とは違う。

自分も何もまとっていないことを思い出し、慌ててシーツの中に隠れようとする。

「リリィ？」

重ねて名を呼ばれ、改めて彼に目を向ける。

しっかりと鍛え上げられていながらも、余計な筋肉なんてない身体。そのまま視線を下ろすと、下肢の間で屹立《きつりつ》するものが目に入り、思わず息を呑んだ。

あんなものが自分の中に入ってくるなんて信じられないのに、早く満たしてほしいと思ってしまう。そんな自分に戸惑いながらも、目が離せなかった。

そんなリリィの様子を見て取ったのか、彼はふっと笑みをこぼす。そして、ゆっくりと覆い被さってきた。

「あ……あぁ」

熱い塊が押し当てられる感覚だけで身体が震える。身体だけではない。心でも、ザリウスを欲しいと願っている。

彼は、性急に押し入ってくるようなことはなかった。

溢れる蜜の助けを借りて、花弁の間をゆっくりと往復させる。それだけで十分すぎるほど気持ちいい。リリィは身を捩りながら喘いだ。

「あっ、ああんっ……」

自然と身体は快感を拾い始め、再び息が乱れ始める。

それに気をよくしたのか、彼の動きも少しずつ大胆になっていった。花芯を押しつぶされ、鋭い刺激に悲鳴を上げる。

ザリウスもまた、眉根を寄せて耐えているようだ。ふと見上げた瞬間目に飛び込んできたその表情が、とても色っぽくて胸の奥がきゅっと締め付けられる。

息を詰めた瞬間、ぐっと腰を進められた。熱い楔が花弁を割って入り込んでくるのがわかる。十分に濡れそぼったそこはすんなりと彼を受け入れつつあったけれど、痛みを覚えないわけではなかった。

思わず眉根を寄せると、すぐにザリウスは動きを止めて心配そうにのぞき込んできた。

「……痛いか？」

その言葉に小さく首を横に振ることで応じる。本当は少しだけ痛かったけれど、それ以上に結ばれたことが嬉しかった。

「大丈夫、だから……もっと……」

言葉の続きを促すようにじっと見つめると、彼は小さく笑った。

かと思えば、再び動き出す。最初はゆっくりと抜き差しを繰り返していたのだが、次第に動きが激しくなる。

「あぁっ……あっ」

先端近くまで引き抜いたかと思えば、また奥までずるずると内壁が侵略される。

緩慢な動きが繰り返されるうちに、次第に痛みは薄れていった。代わりに生まれるのは、甘い疼きと快楽だ。

彼が動くのに合わせて腰を揺らし、彼自身を締め付ける。そんな浅ましい自分の行動に羞恥心を覚えながらも、止めることはできなかった。

彼の動きに合わせるように、自然と腰が揺れ動く。腕も脚も彼の身体に搦めてしまった。もっと奥まで埋めてほしい。二人の境目がなくなってしまうぐらい奥まで。

心の声が聞こえたかのように、ザリウスが奥深くまで入り込んできて、甲高い声が上がる。

「ザリウス……」

切なげに名前を呼ぶと、彼はふっと笑みをこぼした。その笑みはどこか余裕を感じさせるもので、それが少し悔しかった。

けれど、そんなことを考えている余裕はすぐになくなった。彼が突然動き始めたからだ。

「あぁっ！」

今までとは打って変わった激しい抽挿に、悲鳴じみた声が上がる。

部屋の中を支配するのは二人の乱れた呼吸に、リリィの嬌声、ベッドのきしむ音。

そこに肌同士がぶつかり合う乾いた音と、結合部から聞こえる水音が重なる。

「あぁっ、あっ……はぁっ」

激しい抽挿を繰り返しながら、ザリウスが顔を寄せてくる。

どちらからともなく口づけを交わし、舌を絡め合う。その間も彼は動きを緩めようとはせず、むしろ一層激しさを増していった。

何度も最奥を穿《うが》たれ、意識が飛びそうになるほどの衝撃に見舞われる。いつの間にか痛みなどどこかへ行ってしまったようで、あるのは快楽だけだった。

「リリィ……好きだ」

やがて限界が訪れたのか、彼はひときわ強く腰を打ち付けてきたあと動きを止める。そして、そのまま熱い飛沫を放ったのがわかった。

身体の奥深くに熱いものが広がっていく感覚。リリィの名を呼ぶ彼の声。

触れ合う肌の感触。

すべてが、幸福につながっているのだとリリィは初めて知った。

## 第四章　兄との再会は新たな波乱の予感と共に

リリィに看護してもらい、王宮に帰れる体力が戻ったのは、倒れてから五日後のことだった。

「無理をしては駄目よ。まだ、本調子じゃないんだから」

見送りに出たリリィは、小さく笑みを浮かべている。

「準備をして、迎えに来る」

「……でも」

リリィがこの森を出たがらない理由は、師匠の家を守るという理由以外にもある気がするが、今、それを聞き出すのは悪手だろう。

「これを、持っていてくれ」

リリィに渡したのは、黒い石のついた指輪だった。

母がお守りにと渡してくれたものだ。目をぱちぱちさせているリリィの手を取り、手のひらにそれを乗せる。

「いいの？」

「俺のお守りだ。迎えに来るまで、リリィを守ってくれるように」

今、ザリウスがここにいられるのは母のおかげといってもいい。余計な者に目をつけられないよう、若いうちからザリウスを王宮の外に出してくれた。

それだけではない。母は、ザリウスに毒への耐性もつけさせていた。

他の王子達に対しても同じような教育が行われていたかどうかは不明だが、幼い頃から、死なない程度に毒物を体内に入れ、身体を慣らしてきた。

もし、耐性がなかったらリリィのところに行くこともできなかっただろう。この指輪を渡したら、リリィを守ってくれる気がした。

「ありがとう……うん、待ってる」

そっと額に口づけてから、馬に乗る。寝込んでいた間、リリィがきちんと世話をしていてくれたから、馬は元気いっぱいだった。

王宮へ馬を走らせながら考える。倒れた理由を、リリィは毒だと言っていた。

（あの日は、王宮内では食事は口にしていない）

早朝から仕事を片づけ、朝食も取らずに、すぐにリリィに会うため馬に飛び乗った。執務中に何度か、水は取ったから、その中に入れられていたかもしれない。

道中、水筒に用意してあった水も飲んでいる。食事はしていなくとも、毒物を投与する機会はあった。どのみち、身近な人物だろう。

今後は、ますます気を引き締めていかなければならない。

ザリウスが王宮に戻った時には、大きな騒ぎになった。

なにしろ即位予定の王が五日も音信不通だったのだ。行方不明になったものだと思われていて、捜索隊が出されていた。

「どこに行っていたんだ？」

出迎えたヴィクラムは、ザリウスが戻ってきたことに驚いたようなほっとしたような顔を見せた。

「……いろいろ、あった。医師を呼んでくれ」

「医師？」

驚いたように、ヴィクラムは眉を上げる。小声で毒を盛られたと付け加えるとますます目を見開いた。

「アデライーデ殿は元気か？」

「ああ。この数日はそうでもなかったが……お前がいきなりいなくなるからだ」

急ぎ足に歩きながら、手短に会話を交わす。

医師の手配をすませたヴィクラムは、心からこちらを心配しているような表情になった。

（……ヴィクラムにも機会はあった）

数日前までは、たしかに彼を信じていいと思っていた。

だが、今はどうだろう。ヴィクラムを信じてはいけない、そんな風にも考えてしまう。

「アデライーデ殿にも無事に戻ったと伝えてくれ」

「伝えておこう……それより、客人が来ている。東の森に入りたいそうだ」

「森に？」

東の森はリリィが今住んでいる場所だ。

もともとは王家が管理している森である。メイルーンが住んでいられたのは、正妃である母があの小屋を与えたからだ。

そう考えると、リリィに勝手に小屋を引き継いでいるのは問題なのだが、咎めるつもりはなかった。メイルーンの弟子である薬師があの森を去れば、困る者もいる。

「リリエッタ・ドゥシャリエ王女。覚えているか？」

長い廊下を歩きながら説明され、ザリウスは眉をひそめる。

「後宮に来る途中で亡くなったという王女だな」

「ああ。その兄が来ている」

リリエッタ王女の兄といえば、隣国ベルシリア王国の王太子である。

話を聞けば、妹の死に対して憤りを覚えているらしい。それはそうだろう。亡き父は、ベルシリア王国に相当な圧力をかけ、無理矢理後宮入りさせた。

その彼女が、後宮に入ることなく、賊に襲われ亡くなった。オロヴェスタ王国の管理体制に抗議されても仕方のないところだ。

それだけではない。父は、ベルシリア王国側からの、王女を探すための捜索隊を出させてくれという申し入れも突っぱねてきたのだ。

それが判明したのは、つい先日のこと。いくら、王宮内の掌握に奔走していたとはいえ、考えられない失態である。

慌てて詫びの言葉と共に入国するよう使者を送ったのだが、あちらも大急ぎでこちらに来たようだ。

「エドミール王太子か」

ヴィクラムの説明によれば、エドミールは、先ぶれもなくつい先ほど到着したそうだ。ザリウスの不在をどう説明するか悩んでいる間に、ザリウス本人が戻ってきたらしい。

「彼女が行方不明になったとされるあの森で妹の遺品を探したい、と。もう生きてはいないだろうからな」

「……そうか。案内人がいるな」

ザリウスは目を伏せた。

賊に襲われた王女の馬車は、東の森の川に転落しているのが見つかった。彼女の姿はなかったが、馬車の窓が割れ、浸水していたことから、流されたのだろうという結論が出された。

もしかしたら、割れた窓から外に出たかもしれないが、川から無事に脱出できた可能性は低い。それに、生きていればとっくの昔に名乗り出ているはず。

エドミールの胸の痛みは、どれほどのものだろう。

「あの森に案内人なんて必要か？」

ザリウスの判断に、ヴィクラムは不満そうな顔になった。東の森は、浅いところでは子供が遊び場にするほどだ。

いくら相手が王子でも、わざわざ案内人をつける必要はないと思っているようだ。

「必要だろう。あの森にだって、危険な箇所はいくらでもある」

「ならば、まずはエドミール王太子と面会の手筈を整えよう。戻ってきて早々悪いが、相手も早く森に入りたいそうだから」

リリィが綺麗に洗濯してくれたが、今のザリウスは、森に入る時に身に着ける下級貴族の装束である。このままエドミールと対面するわけにはいかない。

「そうしよう。俺と連絡がつかなかったことは、うまく言い訳しておいてくれ」

「お忍びで視察に出ていたとでも言っておく」

実は、ザリウスがこっそり王宮を離れるのは珍しくない。リリィのところに行く時もそうだし、市井の様子を確認しに行くこともある。

慌てて即位を控えた王族にふさわしい衣装に身なりを改め、エドミールとの面会の場へと向かう。

対面用に選んだ小さな部屋に入ってきたエドミールは、ザリウスを見て一瞬しかめっ面になった。だが、すぐに表情を消し、頭を下げる。

(見覚えが、ある……?)

そう思ったが、エドミールとは初対面である。

長く伸ばした真っすぐな金髪を首の後ろで束ねた彼の動作は、優美なものだった。まるで、自分が主役だと言わんばかりの堂々たる姿。

彼の立っている場所だけ、まるで光が差しているかのようだった。

「……妹を探しに森に入りたい。かまわないな」

国力の違いをエドミールは認識しているのだろうか。

挨拶を終えるなりそう言い放った彼の口調は、はっきり言ってしまえば無礼なもの。相手が亡き父だったたら、ベルシリア王国が地図上から消滅してもおかしくないほどに。

だがザリウスは咎めなかった。エドミールにはそうするだけの理由がある。

「森に詳しい案内人をつける。明日、出発できるようにする。それでよろしいか」

「感謝する」

そう言い、頭を下げる。それからいくつかの取り決めをし、エドミールは部屋を出て行った。

どうして彼に見覚えがあるのだろう。

留守にしていた間に溜まってしまった書類を大急ぎで片づけながら、ザリウスは考えを巡らせる。

そして、気づいた。

（……リリィだ）

エドミールを見た瞬間、見覚えがあると思ったのは、愛しいリリィに似ていたからだ。

美しい金髪、青い目。

すぐに思い出せなかったのは、平民のリリィと王族という身分が、すぐに結びつかなかったから。

（いや、もっと早く気づいてもよかったんだ）

メイルーンの弟子だとは言っていたが、彼女の物腰には平民らしからぬところが残っていた。品の良さと、たおやかな所作は、彼女生来の気性だけではないのだろう。

肖像画も失われてしまっているため、『リリエッタ王女』の容姿については、ザリウスは知らない。だが、エドミールとはよく似ている。赤の他人とも思えなかった。

四年前の段階で十四歳だったということは、今のリリィの年にも近い。どうして、もっと早く気づかなかったのだろう。

明日、エドミールが森に入る時は、一緒に行こう。

もし、彼がリリィの兄だというならば、リリィが元の身分を取り戻せるように手を貸そう。

ザリウスはそう決意し、ペンを走らせた。

◇◇◇

ザリウスが行ってしまった道を見つめ、リリィは小さくため息をついた。やらなければいけないことはたくさんあるのに、動く気になれない。

蹄の音が聞こえなくなり、森は静けさを取り戻したように感じられた。

(彼のことは好きだけれど……)

黒い石の嵌《は》め込まれた指輪は、リリィの指には大きすぎる。落とすのが怖くて、革の紐をつけて首から下げ、服の下に隠すことにした。

上から押さえれば、そこにあるたしかな存在感。その存在感を覚えるだけで、彼が側にいてくれる気がする。

(だけど、ついて行ってしまっていいのかしら)

この小屋を師匠から預かっている。薬を求めに来てくれる人々もいる。薬師がいなくなったら、困る人がたくさんいる。そして何より、今のリリィに身分はない。

ザリウスはそれも承知だと言ってくれたけれど……その点はどうにでもできるということは、リリィが思っていたよりもはるかに身分が上の人なのかもしれない。

（今考えてもしかたないわね。やるべきことをやらなくちゃ）

ここを訪れる患者をないがしろにするわけにはいかない。両手を打ち合わせて気合を入れ、薬草園の方へと足を向けた。


彼が去った翌日。

いつものように薬草園の世話をしていたら、多数の馬の蹄の音がした。こんなにもたくさんの馬が、この森に入ってくるのは珍しい。

「……リリィ！」

どうしようかと思っていたら、リリィの名を呼ぶ声が聞こえてきた。

リリィはこちらに向かってくる人達の方に目を向ける。先頭の馬上から手を振っているのは、昨日去ったばかりのザリウスだった。いつもよりも立派な服を――まるで王族のような衣装を身にまとっている。

そして、彼に続いているのは。

長く伸ばした金髪が、馬の歩みに合わせて、首の後ろで揺れている。こちらに向けられた青い目は、リリィを見て驚愕に見開かれる。

（お兄様……？）

最後に会ったのは、四年前。あの時と兄の容姿は大きく変わっていた。

あんなに肩幅は広くなかった。髪だって、あんなに伸ばしていなかった。なにより青い目は、もっと無邪気な光を放っていた。

彼の変化に、離れて暮らしていた期間が、あまりにも長かったことを思い知らされる。

（……お兄様、どうしよう、私……）

どうふるまうのが正解なのだろう。まったくわからなかった。

小屋の中に逃げ込めばいいのだろうか。それとも、このままここに立って出迎えればいいのか。いや、相手が王族だから、こちらは頭を垂れるか、膝をつくかすべきだろうか。

リリィのマナーは、四年の間に錆《さ》びついてしまっている。いや、そもそもマナーの講義に『こちらが平民として身分を偽っているのに、王族と顔を合わせてしまった時』どう対応するのが正解かなんて項目はなかった。

不意にエドミールの乗った馬が速度を上げたかと思ったら、ザリウスを追い抜いた。リリィのすぐ側まで来ると、待ちきれないと言わんばかりに飛び降りる。

「リリィ！　リリィ！　僕のリリィ……生きていてくれた！　さあ、帰ろう今すぐ帰ろう。あの男が死んだんだ。こんな国から今すぐベルシリア王国に帰ろう。父上も母上もお前が帰ってくるのを首を長くして待っている、さあ行こう」

「お、お兄様……ちょっと待って。私、何がなんだか」

抱きついてくるなりいきなりの早口だ。いつ、息継ぎをしたのだろう。リリィは目を回しそうになっていた。

リリィの知るエドミールは、こんな人ではなかった。

たしかに仲のいい兄妹ではあったし、愛されているのも知っていた。

だが、リリィを見るなり飛びついてくるとか、やけに早口で話すとか。今、エドミールが口にした言葉の半分も聞き取れていない。

「いいんだリリィ。何も考えなくていい。お兄様が迎えに来た以上、もう大丈夫だ。こんなところにお前を閉じ込めるなんて、こんな国お兄様がぶっつぶしてやるから」

「それは無理だと思うの」

久しぶりの再会なのに、口から出てくる言葉はあまりにも物騒だ。

この国をぶっつぶすのはどう考えても無理だし。国力に違いがありすぎる。

それに、先ほどから身体に巻きつけられているエドミールの腕の力が強すぎて、そろそろリリィも息が苦しくなってきた。

「お兄様、苦しい……」

小さな声で訴えると、ようやく兄はリリィを解放してくれた。

だが、リリィの姿を見て、今度は彼ははらはらと涙を落とす。

「かわいそうに。こんな粗末な服で……苦労したのだろうね……あの時、お前を行かせるのではなかったよ」

完全に情緒不安定だ。鼻水まですすり始めた。

追いついてきたザリウスや騎士達も、馬上で困惑している。兄との再会は嬉しいけれど、この空気をどうしたらいいのだろう。

馬から下りたザリウスは側近らしい男性と何やら話しているが、もしかしてリリィの処遇に関してだろうか。

ザリウスはこの国の貴族だろう。見つかったということは、自分はとうとう後宮へ連れて行かれるのか。

だが兄は、国へ帰ろうと言ってくれている。

そしてリリエッタを娶ろうとしていた王が倒れたという噂も聞いている。

リリィは戻れるのだろうか。リリエッタ・ドゥシャリエ。ベルリシア王国の王女に。

メイルーンの弟子で薬師として生きてきたのは四年。だけど、この四年間は、その前の十四年間よりも濃密だった。

考えることが多すぎて、混乱してきた。

「ちょっと待って、お兄様。私……もしかして後宮に行かなくてもいいということなの？」

はっとしたリリィは、兄の腕から抜け出した。

「そうだ。もうお前を娶ろうなんてふざけたことを言っていた王は死んだんだ」

「え！」

思わず声を上げて周囲を見渡す。

誰か、事情を説明してほしい。兄の言葉はあまりに要領を得なくて、何がなんだか理解できない。

救いを求めてさまよわせた視線が、ザリウスのものとぶつかった。

ザリウスは、リリィの前で頭を垂れる。

「……この度は、亡くなった父が貴国とあなたに迷惑をかけた。深くお詫びする」

その言葉に息を呑む。

父。それはつまり、ザリウスは——。

しきりに瞬きを繰り返す。言葉も出ないままその場に立ち尽くしていたら、ザリウスは改めて口を開いた。

「俺の名は——真実の名は、ザリウス・アストリアス。この国の王だ」

「……王？」

リリィを後宮に押し込めようとしていた相手が死んだ。もう隠れる必要もないと思っていたら、ザリウスはその息子で、今では国王で。

どうしよう、頭の中がぐるぐるしている。

「即位の儀はまだ執り行ってはいないが、準備は進めている」

「そう、ですか……」

正妃が亡くなったというのは、半年くらい前に葬儀が行われたという話を聞いていたから知っていた。

国王が倒れたらしいというのも聞いてはいたけれど、ここに来る貴族の使いはそれ以上のことは知らなかった。

リリィが知らない間に亡くなって、新たな王が決まっていたようだ。森の中では情報を入手できる機会が少ないとはいえ驚きだ。

「……なんとお呼びしたら？」

「今まで通りでいい……リリエッタ・ドゥシャリエ王女」

こちらを見ているザリウスは、なんとも表現しがたい顔をしていた。まるで、痛みをこらえているような。でも、それはリリィも同じ。

どうして、『リリエッタ』と呼ばれて胸が痛くなるのだろう。

「私は、あなたに嘘をついていました……お詫び申し上げます」

今度は、リリィの方から謝罪した。そうしなければ生きていられなかったかもしれないとはいえ、平民を装っていたのは事実。

「それは、こちらも同じだ」

ザリウスは、首を横に振る。それきり、二人とも言葉が出てこなかった。

「リリィ、いいだろ。もうこの国には用はないんだし。明日にでも出国しよう」

エドミールはめげない。再びリリィに抱きついてくる。

暑苦しいけれど、久しぶりの再会ということを考えれば、エドミールが過保護というか暑苦しくなるのもしかたないのかもしれない。

「お兄様。すぐには戻れないわ。ここに薬を求めて来る人もいるんだもの」

患者にリリィが去ることを伝えねばならないし、後任の薬師も見つけなければならない。と、すぐにザリウスは口を挟んできた。

「それならば、王宮から薬師をここに派遣しよう。ヴィクラム、手配できるか？」

ヴィクラムと呼ばれた男は、「わかった」と返してきた。側近だと思っていたが、もう少し近い関係なのかもしれない。

王宮が責任をもって薬師を派遣してくれるというならば、リリィがここに残る必要もない。

（師匠にも、連絡はしておいた方がいいかも……）

メイルーンとは、手紙のやり取りをしている。彼女はいつだって、リリィを気遣った文面の手紙を書いてくれた。

「師匠に手紙を書いたら届けていただけますか？　託された小屋を離れるのだから、私から説明しなくてはならないでしょう」

「それもすぐに手配する」

ここまで言ってくれるならば、これ以上、拒む理由もない。

「荷物をまとめてきます」

そう断って小屋に入ったリリィは、ぐるりと室内を見回した。

目覚めて最初にここまで下りてきた時には、あまりにも部屋が狭いのにびっくりしたけれど、メイルーンが手をかけて整えた部屋は、狭いながらも居心地はよかった。

ここでは、それまでの十四年間で知らなかったような経験をたくさんした。

王女として刺繍は学んできたけれど、縫物は経験したことがなかった。針と糸を使って、布を縫い合わせ、自分の衣服を繕うことを覚えたのもここだった。

テーブルの上に飾られている花は、薬草でもある。萎《しお》れてきたら、料理に使う。大地の恵みを余すところなく利用するというのも、メイルーンから教わったことだった。

「リリィ、僕も行くよ。一人にするのは心配だからね」

気が付いたら、エドミールもちゃっかり小屋に入り込んできた。

一人にするのが心配って、まさかこの場から逃走をはかろうとしていると思われたのだろうか。

いや、そこまで心配してくれているのだろう、と思い返す。

(生きていることすら、連絡できなかったものね……)

家族に心配をさせた自覚はある。

「小さな家だな」

「私と、師匠の二人暮らしだもの。これで十分だったわ」

寝室に入って、息をつく。

ここは、ザリウスと初めて結ばれた場所。

彼を愛しているけれど、今となっては、彼との距離は思っていたよりもずっと遠い。

自分で手をかけた服も持っていこう。それから、ブラシに日記。

調合室にあるメイルーンから譲り受けた資料も持っていこう。ザリウスに頼めば、国まで持って帰れるだろうか。

清書して製本したら、薬師を目指す人の役に立つ資料になるかもしれない。リリィの手元にあるのは、あくまでもメイルーンの走り書きだ。

「……どうして帰ってこなかった？」

荷物をまとめているリリィの背中に向かって、扉のところに立っているエドミールが問いかける。

「身分証がなかったのよ。それに……」

それに、と言いかけてやめてしまったのは、リリィが襲われたのは、リリィの後宮入りを阻止したかった人物の仕業ではないかというメイルーンの言葉を思い出したからだった。

「それに？」

「ああ、ええと、その、私だけで国境を越えて帰れる自信もなかったし」

「――なあ」

エドミールの声が低くなった。なにやら、不穏な気配を感じて、リリィは肩を跳ね上げる。

だが、兄の方に向き直る勇気はなかった。

「この国の王宮に保護を求めたってよかっただろ？　どうしてそうしなかった？」

「そ、それは……門番の人に、信じてもらえるかどうかわからなくて。だって、何も持っていなかったから」

服は入れた。机に置いていた小物も大丈夫。

トランクの蓋を、音を立てて閉じる。思っていた以上に、威勢のいい音がした。

「リリィ」

再び言葉を重ねる兄の声に、リリィは唇を結ぶ。余計なことは言わない方がいい。

だって、もともとこの国にリリィの居場所はなかったのだから。

「リリィ……リリエッタ・ドゥシャリエ」

今まで愛称でリリィと呼んでいた兄が、本名で呼んだ。しぶしぶリリィは兄の方に向き直る。

「何があった？　僕に言えないようなことか？　なあ、リリィ。リリィが望むのなら、この国を焼き払ってもいいんだぞ」

「やめてお兄様」

だから、兄の口から出る発言が物騒すぎる。

離れていた間に、いったい何があったというのだろう。

リリィの知る兄は、妹を可愛がってはいたけれど、こんな不穏な発言をする人ではなかった。

「やめて？　やめられるか？　四十も歳の離れた男のところに、十四の妹をやらないといけなかったんだぞ。せめて後宮で何不自由なく暮らしていると思ったら、道中で死んだと連絡が来た。生きていたかと思えば、お前はこんなところで一人暮らしを強いられている。お前がどんな目に遭わされたのか、僕は知る必要がないと？」

「お兄様、お兄様……私も、詳しいことはわからないの。でも、師匠は、名乗り出ない方がいいかもしれないって」

兄をごまかすのは無理だと悟り、事情を説明することにした。メイルーンから聞いたことも含めて。

師匠と呼んでいるメイルーンのことは、兄はまったく知らなかったから、リリィは兄にメイルーンのことから説明を始めた。

メイルーンは、もともと薬師として働いていたところを見染められて後宮入りしたこと。王の寵愛は深く、それを妬んだ他の妃から罪を着せられて後宮を追われたこと。

リリィを助けてくれたのは偶然だったけれど、同じように後宮で不幸な目に遭っている女性は多いと聞いたこと。

リリィの他にも、後宮入りする旅の途中で行方不明になったり、怪我をしたりした女性もいるらしいことも。

「命が惜しければ、名乗り出ない方がいいと聞いたのよ……こちらから、連絡を取れないのもわかるでしょう？」

王女の名で手紙を出せば、家族のところまで届けられたかもしれない。だがそれは、同時にリリィの生存を示す証拠ともなる。

リリィが生きていることを知れば、前の国王は、もう一度リリィを後宮入りさせようとしただろう。だが、一度後宮入りしてしまえば、今度は身の安全が保証できない。

「……死ぬよりは、いいかと思って」

そう聞いたエドミールは理解してくれたらしく、途端にしおらしくなった。

「リリィ……すまなかった。それなら、さっさと国に帰ろう。とりあえず、国の間での話し合いはしないといけないだろうけどな。リリィが受けた苦痛に対する賠償もしてもらわないといけないし」

すぐに帰国するかどうかはともかくとして、いずれにしてもこの小屋からは出て行かないといけない。荷物をまとめたトランクを手に、階下へと向かった。

調合室にあるメイルーンの資料も、もう一つのトランクにガンガン詰めていく。兄もその作業を手伝ってくれた。

荷物は、護衛のうちの一人が馬に積んでくれた。

一人の騎士がここに残るらしい。薬を求めに来た人に、事情を説明してくれるそうだ。

後任の薬師は、荷物をまとめている間に送られた使者によって、すでに王宮で選定が始まっているらしい。そこまでしてくれているのなら、これ以上リリィが言うべきことはない。

「リリィ」

問題は、リリィが誰の馬に同乗するか、だった。ザリウスが手を差し出すが、その手は取れなかった。

前から身分が釣り合わないとは思っていたけれど、まさかこの国の王だったなんて。

「リリィ、僕と行こう。話したいことがたくさんあるんだ」

「そうね。お兄様……乗せてくださる?」

他の人の目の前でザリウスの馬に同乗するのは気が引けた。たしかに話したいこともたくさんあったし、エドミールの馬に同乗させてもらうことにする。

エドミールの前に乗せてもらい、馬の背中から背後の小屋に目を向ける。

厳しかったけれど、楽しい生活でもあった。

だが、平和な時は、もう終わってしまったような気がする。

(これから、大変なことになりそう……)

不意にそんな思いにとらわれる。思わず、エドミールの方に身を寄せていた。

普段は、荷馬車に馬を繋いでポクポクと向かっていた王都だが、急ぎ足の馬に乗ってしまえば、いつもよりだいぶ時間を短縮しての到着となった。

今日も王都を囲む壁の周囲では、城外市場が開かれている。

近隣の町や村からやってきて、わざわざ王都に入って商売をしなくてもいいという者達は、ここでてんでに店を開くのだ。

リリィも、たまにここを利用していた。

収穫した薬草やそれで作った薬は、いつも決まった店に卸していた。そして、帰りに森では手に入らない食材や、生活用品を買って帰る。四年の間、同じような日が続いていた。

静かだったけれど、平和な生活。

ザリウスに誘われても、あの生活を捨てることはできなかった。思っていたよりも馴染《なじ》んでいたことを痛感する。

「にぎやかだな、この国は」

「ええ。大国なのは間違いないわね」

馬上から、周囲を見回したエドミールがぽつりと零したのに、リリィも同意した。

前国王は問題の多い人ではあったが、見方によっては偉大な王でもあったのだろう。この国を、一代でここまで大国に育て上げたのだから。

身分証がないから入ることを諦めていた王都だが、王族に同行しているからうるさいことは言われずに中に入ることができた。

「……すごいわ！」

母国からこの国にやってきた時は、王都に入る前に馬車が襲撃された。だから、リリィは、自分の目で王都を見るのは初めてだ。

城門を入って正面には、大きな道が一本、通っている。その向こう側に見えるのは王宮。一段高いところにあり、門を入ったところからよく見えた。

そして、大通りの両側には、ずらりと店が並んでいる。こちらは、城外の市場とは違って、きちんと店を構えている。店先には、たくさんの商品が並べられ、多数の人が行き来して、商品を選んでいた。

さらに大通りの向こうにもたくさんの建物が並んでいるらしい。まるで塔のように高く積み上げられた建物もあって、その大きさに口をぽかんと開けてしまった。

「リリィ、リリィ」

兄にたしなめられ、自分が口を開きっぱなしであったことに気づく。慌てて口を閉じたけれど、ぽかんとした顔を同行者達に見られてしまったかもしれない。

「……すごいわ」

同じ言葉が口から出る。素直な感想だった。王都をぐるりと囲む塀は高く、その奥にこんな建物があるなんて知らなかった。

母国の王都とはまるで違う。人の数がとにかく多い。

すれ違う人達が身に着けているのにも、様々な国のものがあるようだ。見たこともないようなデザインの刺繍が入った服を身に着けている者もいる。

「そうだな、この国は栄えている。それは認めなければならないな」

エドミールとしては、少々面白くない様子だ。

けれど、リリィは、興奮した面持ちを隠すこともできずに、馬の上からきょろきょろと周囲を見回していた。

王宮に近づいていくに従い、周囲の様子が少しずつ変わってくる。

城門に近いところでは、歩いている人々も、今のリリィと同じような品質の服を着ていたと思う。

だが、王宮に近づくにしたがって、町の喧騒《けんそう》は少しずつ小さくなっていった。

そして、第二の城門のところで、再び足を止められる。

第二の城門を入ると、街は一気に雰囲気を変えた。

並んでいるのは、今までの建物とは明らかに違う造りの建物だ。

具体的に言えば、第一の城門をくぐった直後に遭遇したのは、ただ頑丈なだけの建物だった。

建物の装飾と言えば、窓枠のところに鉢植え、玄関の扉にリースや小物が飾られている程度のもの。

だが、第二の城門をくぐった先に並んでいるのは、小さいながらも庭を備えているらしい建物だった。高い塀の隙間から、手入れされた庭がのぞいている。

屋敷を囲っているのもただ高いだけの塀ではなく、上に彫刻が飾られていたり、金色に輝く柵が取り付けられていたりした。

（……ここは、貴族のお屋敷ってことなのかしら）

もしかしたら、王宮に出仕する役人達は、このあたりに住んでいるのかもしれない。

そして、もうひとつ、門をくぐる。そこから先は、さらに別世界だった。

大通りはここまでで終了。

城門をくぐった先にあるのは、どこまでも広がっているように見える庭園だ。ぽつりぽつりと塀に囲まれた建物は見えるが、その塀もどこまで覆っているのかわからない。

そして、ここからは通りというよりは、庭園の中を進んでいるといった方が近かった。正面に見えるのは、白い石を使って建てられた王宮である。

高い塔を備えた王宮の屋根は赤かった。そして、窓枠は金色に輝いている。

屋根には、名のある芸術家が製作したのであろう彫像が飾られていた。柱の一本一本にも、植物を図案化したものが彫り込まれている。

（……本当に、すごい）

王都の門をくぐってから、ずっと同じ言葉しか繰り返していないかもしれない。

王都の繁栄ぶりは、リリィが想像していたものとはまったく違っていた。想像よりも多くの人がいてにぎやかで、そして華やかだった。

青い空と赤い屋根、白い石造りの建物の対比が美しい。そして、庭園の緑もまた、情景を美しく見せる要因となっていた。

「リリィ、こちらに」

馬から下りたザリウスが、リリィに向かって手を差し出す。

「ところで、いつまで妹を愛称で呼ぶつもりだ？　そんな関係ではないと思うのだが」

さっそくエドミールが噛みつく。

ザリウスとの絆に、水を差された気がした。いや、兄の言うことが正しい。

だって、リリィは本来ここに来られるような身分ではないのだから。

そっと首を振って、ザリウスの差し出してくれた手を断る。ザリウスは、痛みをこらえているかのようにぎゅっと眉を寄せた。

だが、リリィの言いたかったこともわかってくれたのだろう。すぐに使いをやり、侍女を手配してくれた。

「あとは、この者に任せてくれ」

「ありがとうございます、ザリウス……いえ、陛下」

忘れかけてしまった淑女のマナーを懸命に思い出しながら、ザリウスに頭を下げる。顔を上げたら、やはり彼は眉間に皺を寄せていた。

エドミールはまだリリィを手放したくなさそうだったけれど、リリィの隣の部屋に案内されると聞いて、一応納得した様子だった。

「こちらが、リリエッタ殿下のお部屋でございます。隣は、エドミール殿下のお部屋ですが、お好みに合わなければ、すぐに別の部屋をご用意いたしますので」

「いいえ、ここで十分です。ありがとうございます」

殿下、なんて呼ばれるのも久しぶりだった。

リリィはぐるりと室内を見回す。これだけの大国の王宮だから、重厚な家具で統一されているのかと思えばそうでもなかった。

よく磨き込まれている家具は、年代物であるのは間違いない。だが、家具の描く優雅な曲線や、嵌め込まれた象嵌《ぞうがん》細工はいずれも繊細で、重厚さというよりは柔らかさを強調している家具が選ばれているようだ。

金具はすべて金色に輝いていて、大切に手入れされているのがわかる。

ベッドの天蓋から吊るされているのは、赤い地に金糸で刺繡の施された垂れ布。花柄の織り込まれた布を張ったソファと、そろいで作られたであろうテーブルが備え付けられている。

（これをすぐに用意してくれたのかしら……）

リリィがリリエッタであると判明したとたん、ザリウスは王宮に使者を走らせていた。

後任の薬師を決めるだけではなく、リリィを迎える準備もしてくれたのだろうか。

兄の滞在する部屋とは逆側にもう一部屋あり、人と面会する時にはそちらを使うようにとも言われた。すべての客室がそうなっているそうだ。

粗末な身なりのまま腰を下ろすのは気が引けたけれど、森からここまで慣れない乗馬をしてきたので、身体はがたがただ。

端の方にそっと腰を下ろしたら、思わずため息が零れた。

リリィを案内したあと、いったん部屋を出ていた侍女が戻ってくる。彼女が運んできたのは、焼き菓子と紅茶だった。

紅茶の香りがふわっと立ち上り、そこに焼き菓子の甘い香りが重なる。ぐぅ、と胃が音を立てたような気がした。

「……あの」

「どうぞ、お召し上がりくださいませ。一息つかれたら、ドレスをお持ちします」

「ドレス？」

「ええ、王宮に置いてあるものを手直しすることになりますが……」

「でも、ドレスは」

反論しかけて、そこで口を閉じてしまう。

疲労の方が大きくて遠慮なく座ってしまったが、今、リリィ本人だってソファに腰を下ろすのをためらった。場にふさわしい装いというものがある。

「……わかりました」

ありがたくザリウスの厚意を受け取ることにした。

そこから先、侍女達の行動は早かった。

リリィが一息つかせてもらっている間に、次から次へとドレスが運び込まれてくる。どこにこんなにドレスがあったのだろうかと思ってしまうほどだ。

色もデザインも様々で、可愛らしいデザインのもの、シンプルなデザインのもの、大人の女性に似合いそうなデザインのものまである。

「こんなにたくさんのドレス、どうして……」

「お妃様がたくさんおられましたので。その方々に、贈るためにご用意されていたのかと」

言葉を濁したけれど、たしかに前の王の時代には、妾から妃までたくさんの女性が後宮にいた。彼女達に贈るのに用意していたが、使われなかったドレスということなのだろう。

ここを去った妃が着用済みのものもあるかもしれないが、お下がりで問題ない。

（……問題は、どれを選べばいいのかわからないということよね……）

社交の場から遠ざかって長いし、そもそもこの国の王宮にも社交界にも精通していない。こういう時、何を選べばいいのかまったくわからなかった。

「私の身体に合いそうなものはありますか」

「どれを選んでいただいても、大きなお直しは必要にならないと存じます」

さすが、王宮の侍女。

ここまでリリィを案内してくる間にリリィの体形を把握し、あまり補正しないで着られるものだけ選んで運んできたようだ。

「フリルが多いデザインのものは省いていただいても？」

華やかな雰囲気の女性が着るにはいいだろうが、リリィが着たらフリルの中に埋もれてしまう。確実にドレスに着られることになる。

リリィが頼んだ通り、フリルを多用したドレスが下げられる。それに加え、リリィの好みからすると過剰な装飾の施されたドレスも下げられた。派手なものは好まないとすぐに把握されてしまった。

「それから、ええと……胸元が開いているものも下げていただいていいですか？」

「こちらのドレスは、胸元にレースを足せばお召しになれると思います」

「……でしたら、それは残してください」

かしこまりました、と侍女が頭を下げる。こうして半数以上を下げてもらったが、そこから先はどれを残すべきなのかがわからない。

「ここに残っているものは、どれを選んだらいいのかわかりません。手を貸していただけますか？」

「かしこまりました。でしたら……」

侍女がリリィの頼みにしたがって、何着かのドレスを選び出していく。

人に会う予定がない時に着用するもの。茶会にはこれ、庭園を散歩するならばこれがいい、晩餐会の時には、舞踏会ならば、と何着ものドレスが残される。

「あの、そんなに残さなくても……」

そう遠くないうちにこの王宮を去ることになるのに、そんなに何着ものドレスを用意されても困る。

「陛下の命の恩人だとうかがっております。おもてなしさせてくださいませ」

「……はい、わかりました」

そこまで言われてしまえば、リリィとしても相手の厚意を受け取るしかなかった。

それからそれぞれのドレスに合わせた小物や靴は、すべて侍女の手配に任せることにする。

残されたドレスのうち一着に袖を通すと、その場で補正が始まった。

侍女が選んでくれたのは、淡い緑色を基調としたドレスだった。コルセットで締め付ける必要がなく、胸元からふわりと広がる形だ。

身体にぴったり合うデザインではないから、補正もそう大変ではないというのもこれを選んだ理由なのかもしれない。

肩紐の長さだけ少し調整したら、ちょうどよかった。その上から、袖が大きく広がったローブを重ねる。ローブも重ねるだけで、前を閉じないまま着用した。

靴まで履き替え、改めてソファに身を沈める。急にずしりと肩が重くなったような気がした。

（これって、私が今まで見て見ぬふりをしてきた責任感なのかしら……）

メイルーンとの生活は楽しかった。

家族に会いたいとも思ったけれど、一人で国に帰る自信もなかった。だが、もっと早く手紙ぐらいは書けたのではないだろうか。王が亡くなったと聞かされた今は、そんなことも考えてしまう。

背もたれに頭を預けたら、遠慮がちに扉をノックする音が聞こえてきた。

側に控えていた侍女がするすると扉に近づき、何事か話している。扉を閉じてこちらに戻ってきた彼女は、リリィの前で腰を折った。

「陛下が、隣室でお待ちでございます」

その言葉に、リリィは視線をさまよわせた。

「着替え、ますか？」

「いいえ、楽な服装でとのことですので」

部屋着ではないから、このまま人に会っても問題はないらしい。

ならばこのまま行ってしまおうか。コルセットを着けない生活が長かったから、今、コルセットの必要なぴったりとしたドレスを身に着けて会う気力がわかなかった。

ザリウスも、リリィが疲れているのがわかっていて、気楽な格好でと言ったのだろう。

「リリィ、問題ないか」

「よくしてもらっています、大丈夫です」

線を引いたリリィの対応に、ザリウスは小さく息をついた。彼も、リリィがこのままではいられないと判断したのをちゃんとわかっているようだ。

「俺はまだ、リリィに恩返しができていない。もう少し、ここにとどまってもらえないか」

「とどまる？」

「エドミール王太子は、リリィを連れてすぐにでも帰る、と」

「そうですね。両親も心配しているでしょうし……」

寝室の隣に用意されている部屋は、面会のための部屋というのはよくわかる。

室内に置かれているのは、ソファが何台かとテーブル、それに飾り棚ぐらいのものだが美しく調えられていた。

壁際に置かれている飾り棚の上には鏡が備え付けられていて、室内を広く見せている。繊細な彫刻の施された銀縁の鏡の両脇には、季節の花をいけた花瓶が置かれていた。

「……リリィ、無事か！」

ノックもせずに飛び込んできたのは兄である。リリィは思わず笑ってしまった。無事かだなんて、今の王宮は、世界で一番安全な場所だろうに。

「ええ、お兄様、無事よ。それで……」

するとザリウスがエドミールに向き直った。

「エドミール王太子、私はリリエッタ王女に命を救われた。まだ、なんの恩返しもできていない。しばらく、ここに残ってはもらえないだろうか」

「――は？　何言ってるんだ、リリィは連れて帰る。こんなところに一分一秒だっていたくないんだから」

「お兄様！」

リリィがここに残るのにはあまり気が進んでいないのは否定できないが、今のエドミールの言葉はあんまりである。

「私、お父様とお母様に手紙を書くわ。それから……しばらく、滞在させていただこうと思うの」

両親には会いたいが、このまま帰れないとも思った。

ザリウスと、まだきちんと話をできていない。このまま国に帰ってしまったら、きっと、一生気持ちを残してしまう。

「リリィがそう言うなら……まぁ……」

しぶしぶと言った様子で、エドミールはリリィの滞在に同意した。リリィの目には、ザリウスに噛みつくのを我慢しているようにしか見えなかったけれど。

◇　◇　◇

見送ってくれるリリィに挨拶をして、エドミールと二人、廊下に出る。

ザリウスが歩き始めると、なぜかエドミールもついてきた。彼の部屋は、今出てきた部屋の近くだというのに。

「――おい」

声をかけられたかと思ったら、いきなり襟首を絞め上げられる。

こちらから手を出すつもりもなかったから油断していたともいえるが、それにしたってエドミールの力も速さもザリウスの想像以上だった。

ぎりぎりと襟首を絞め上げながら、エドミールはザリウスを壁に押し付ける。ぐっと顔を寄せてくると、彼は低い声でささやいてきた。

「お前、どういうつもりだ？」

リリィの前でも遠慮はしていないと思っていたが、どうやらそれでもまだ我慢していたらしい。こちらに向けられたエドミールの目が鋭さを増す。

やろうと思えばエドミールを払いのけることもできたが、ザリウスはそうしようとは思わなかった。エドミールには、そうするだけの理由がある。

「リリィのことが気に入っているのか？　小国の王女ならいいようにできると思っているのか？」

お前の父親のように、と続けたかったのだろう。だが、そこから先は、エドミールも呑み込むことにしたようだった。

襟首を絞め上げる彼の手は容赦ない。そろそろ息が詰まりそうだ。

「俺はリリィを……リリエッタ王女を愛している」

振り解いてそれだけ告げたら、相手ははっと鼻で笑ってきた。その表情に思わずザリウスの方も拳を握りしめる。

「愛している？　どの口でそれを言うんだ。身分を偽っていたくせに」

「……それは」

愛しているとは告げた。一緒に来てほしいとも言った。

だが、リリィには自分がこの国の王であるとは言えなかった。言ってしまえば、彼女を縛り付けることになるのはわかっていた。

毎回会いに行く度に、自分の正体について明らかにしようと思い始めてからどのぐらい立つだろう。

リリィと初めて結ばれた時、この世界にこんな安らぎがあるのかと驚いた。誰にも譲るつもりはない。

「迎えに行った時に、話すつもりだった。リリィも」

愛称で呼んだらまた睨まれた。

リリィそっくりの青い目が、こちらを真っすぐ見据えている。その底に揺らめく怒りの色。その色に気づかないほど、傲慢ではなかった。

「リリエッタ王女も、俺の身分については推測していた。王族とまでは思わなかっただろうが」

会いに来る、と告げる度に困ったような顔をしていた。

身分が違うと思っていたのだろう。

だが、それでいいと思っていたのだ。身分が違っていても、ザリウスが愛しているのは一人だけ。父のように、多数の女性を迎え入れようとは思わない。

「俺が愛しているのは、リリエッタ王女だけだ。これから先も、それは変わらない。無理強いはしたくないが、彼女が受け入れてくれるのなら、生涯添い遂げたいと思っている」

素直な自分の気持ちを告げたつもりだけれど、エドミールはまだ疑いを持っているようだ。

だが、襟首を絞め上げた時の気勢は少し薄れていた。

「四年前、僕達は妹を見捨てるしかなかった」

ぽつり、とエドミールは言う。

あの頃は王宮から離れていたから、詳細については知らないが、リリィをこの国に迎えるにあたり、父はかなりの無理難題をふっかけたらしい。

（……そうか、リリィだけじゃない）

父の強引な申し入れは、リリィだけではなく、彼女の家族にも心の傷となっているのだろう。

だからこそ、リリィに近づこうとする相手にエドミールは牙を剝く。

「わかっている。父の罪は許されて当然とは思わない。だが」

それでも、リリィを愛しているのはもうどうにもならないのだ。

そう告げると、相手は困ったような顔になって視線をそらした。

# 第五章　想いを残して帰れない

エドミールはすぐに国に戻るのかと思っていたら、彼もまた王宮にしばらくとどまることにしたようだ。なぜなのかと問いかけても、ふくれっ面になるだけで答えてはくれなかった。

リリィを心配してのことなのだろうし、兄の気持ちを否定したいわけでもない。国元には使者を送り、事情を説明させたようだ。なので、リリィも理由を聞き出すのはやめておいた。

こうして、王宮で生活することになったのだが、困ったのはマナーである。

メイルーンと暮らし始めて以降、リリィのマナー教育はどこかに行ってしまった。カーテシーすらしないあの小屋での生活で、貴族としてのマナーは不要だったからだ。

代わりに身に付けたのは、平民としてのマナー。貴族の使者がやってきたら、丁寧に対応する。平民同士の会話なら、多少砕けた口調でもいい。

とっさに思い出したマナーでザリウスには対応しているけれど、ここに滞在するとなれば、多くの人の目に触れるのは避けようがない。

そんな今、リリィが出席しているのは、王宮で開かれている茶会である。

テーブルに並ぶのは、甘い菓子に香りの高いお茶。果実を使って作られた酒精の弱い酒も置かれている。炭酸水で割って、ほんのりと甘味をつけて飲むのが近頃流行っているそうだ。

今日の会はリリィを歓迎するというより、後宮でまだ暮らしている女性達とリリィを引き合わせるためのものだ。

この場に、現在最高位の女性であるアデライーデは出席していない。

正妃が亡くなったあと事実上の正妃として後宮を取りまとめてきた彼女に任された政務も多数あるし、先代国王が亡くなった直後ということもあって、社交の場に出るのは控えていると聞かされた。リリィもまだ挨拶の機会はなかった。

妃達の大半は、新たな道を見つけて出て行ったが、まだ迎える側の準備が整っていなかったり、帰国の手続きが終わっていなかったりで残っている女性もいるのである。

「メイルーン様と生活していたって本当ですか?」

「ええ……その、倒れていたところを助けてくださったみたいで」

正確には川から引き上げられてのことなのだが、そこまではここで語る必要もないだろう。

「あの方は、心優しかったから」

と、懐かしそうな目をしているのは、下級貴族出身だという女性だった。

もともとは結婚前行儀見習いの仕上げで、侍女として出仕していたのが、前王の目に留まってしまったらしい。

妃になるには身分が足りなくて、妾として後宮で生活することを強要されていたそうだ。

以前婚約していた相手はまだ独身で、喜んで彼女を迎え入れてくれると頬を染めて話してくれた。数日後には、後宮を出て彼のところに行くという。

それよりも問題なのは、顔の筋肉が引き攣《つ》りそうなことだ。微笑みを絶やさず浮かべているのがこんなにも難しいなんて、すっかり忘れていた。

「リリエッタ殿下は、これからどうなさるおつもり？」

探りを入れてきたのは、まだ残っていた妃だ。

彼女は、後妻として将軍家に嫁ぐことが決まっているらしい。リリィの未来が、そんなにも気になるのだろうか。

「兄は国に帰ろうと言ってくれています。私も、そうするのが一番いいのではないかと」

言葉遣い、間違ってはいないだろうか。口を開く度にひやひやとしてしまう。

何を話すにしても、気の置けない友人はこの場にはいない。揚げ足を取られないよう、話題にも言葉遣いにも気を配らなくてはならない。

「そうですわね、その方がよろしいかもしれませんわね」

リリィに向けられた彼女の視線には、明らかにこちらを馬鹿にする色があった。将軍家に嫁ぐ彼女より、母国に帰るリリィの方が格下だと言いたいのだろう。

たしかに国力には大きな差があるから、そんな目で見られても仕方ないのかもしれない。

「エドミール殿下は、まだ、お相手は決まってらっしゃらないの？」

別の女性が口を開く。妃の一人だった彼女は、ザリウスとヴィクラムが縁談を探して、ある貴族の家に嫁ぐ予定だ。妹が一人いて、結婚相手を探しているらしい。

「ええ。婚約していた令嬢はいたのですが……一年ほど前に儚《はかな》くなったそうです」

エドミールの婚約者は、リリィとも友人だった。

姉のような女性として大切に思っていたけれど、リリィがメイルーンのところで生活している間に病気で亡くなったらしい。

リリィの目から見ても、二人は仲がよかった。兄が次の婚約者を決めずにいるのは、まだ気持ちが残っているからなのかもしれない。

「でしたら、この国から娶ってはいかが？　ほら、王女殿下もいらっしゃいますし」

前国王の子供の数はかなり多い。王女と呼ばれる身分の女性もたくさんいる。

たしかに、この国から王女を迎えれば、この国との関わりを強化することには繋がるだろうけれど。兄はそれを望むだろうか。

エドミールには、幸せになってほしい。

「それは、両親と兄に任せますわ。滞在中に、いい出会いがあるかもしれませんし」

「それがよろしいわ。次は殿下もお招きしましょうよ」

「そうですわね、今回は女性だけというお話でしたけれど……」

そんな感じで、和やかな笑顔と共に茶会は終了したけれど、部屋に戻ったリリィはぐったりとしていた。やはり、社交の場に出ると気疲れする。

ベルシリア王国に戻るのならば、こういった腹の探り合いも自分の糧にしないといけないのだろうけれど。王女として生きていく自信を失ってしまいそうだ。

「……リリィ」

楽なドレスに着替えたら、疲れが出てしまったらしい。

いつの間にか部屋に入ってきた兄に肩を揺すられた時には、すっかりソファで眠り込んでいた。

「お兄様、どうかしたの？」

後宮の女性達が、兄に興味津々なのもわかる。

顔立ちは整っているし、小国とはいえ王太子、未来の国王だ。

その端正な美貌に憂鬱な色を浮かべながら、エドミールはリリィの隣に座り込んだ。

「なあ、リリィ。僕はそろそろ帰国しないといけないんだ。お前も帰国するだろ？」

「……私は」

両親に会いたい。会ってリリィは無事だと伝えたい。元気な顔を見てほしい。

でも、ここから離れたくないとも思ってしまう。

「お兄様、私……ここでの生活は少し大変だなって思っているの」

「お前、こういうのは苦手だもんな」

「だけど……」

ザリウスとは時々、一緒にお茶の時間を過ごすけれどそれだけだ。

今後、リリィと彼の関係はどうあるべきなのか、まだ、何も話をできていない。

「私……私、あの人のことを」

最後まで言いきることはできなかった。それでも、兄はリリィが何を言おうとしているのか、理解してくれたみたいだ。うなずきながら、話を聞いてくれる。

何も知らずに出会って、そして気持ちを寄せてしまった。

彼を愛している。愛してしまった。

彼の素性を知った今でもそう思っている。

「もともとね、貴族だとは思っていたの。私は、身分を保証するものすら持たない平民だから、国に帰れないと思っていたし……あの人と釣り合うなんて考えてもいなかった」

それでも、気持ちは止められなかった。ザリウスが、命を落としかけたあの夜、それを強く思い知らされた。

「だけど、私」

ザリウスとは時々会うだけで十分だと思っていた。変わってしまった状況に、まだ気持ちがついてこない。

「……そこから先は、言わなくていい」

手を伸ばしたエドミールは、リリィの口を塞いでしまった。

「とにかく、僕は一度戻る。リリィもなるべく早く、一度顔を見せてくれ。下手をすると、父上と母上もそろってこちらに来てしまうぞ」

「はい、お兄様」

まだ、気持ちは捨てられない。いつまでここにいられるのかもわからない。

けれど、決断すべき時が近いことだけは、リリィにもよくわかっていた。


ザリウスから呼び出されたのは、兄の帰国を三日後に控えての夜だった。

ザリウスはきちんとリリィに向き合ってくれている。

忙しい合間をぬって会いに来てくれているのもわかっていたから、彼と会う機会が少なくても、不満をもらそうとは思わなかった。

「……お待たせしてしまいましたか？」

呼び出されたのは、庭園に続く出入口のところだった。

侍女がリリィのために選んだのは、まるで星空のようなドレスだ。胸元からふわりと広がって身体を締め付けないデザインのもの。

色は濃い紺色で、そのままでは夜に紛れてしまう。けれど、ドレスの胸元にはびっしりと水晶のビーズを使った刺繡が施されていて、わずかな光にもそのビーズがキラキラと輝く。

そのドレスの上に、白くて透けてしまいそうなほどに薄いローブを重ねる。紺色に重ねることで夜空に雲がかかっているようにも見えた。

「少しも待っていない。今日もリリィは……美しい」

「ありがとうございます……陛下」

リリィを見た瞬間、ザリウスは一瞬動きを止めた。だが、真正面からの誉め言葉は惜しまない。その言葉を向けられたリリィの方がドキドキとしてしまうほどだ。

ザリウスの素性を知って以来、リリィは彼に対する態度を改めた。彼の呼び方も、言葉遣いも。

「これを、リリィに」

今日のリリィは、髪は結わずにそのまま流していた。コテで波打たせてあるから、貧相な印象にはならない。

そのリリィの耳の上に、そっと何かが挿し込まれる。

「思っていた通り、よく似合う」

こちらを見る彼の目が、思ってもいなかったほどの甘さをはらんでいる。一気に体温が上がるのを自覚した。

外して見てみれば、それは金の台座に花を留めてある髪飾りだった。

その花は、花弁の一枚一枚が、色の違う宝石で作られている。繊細で、職人渾身《こんしん》の一作だと伝わってくる。

「ありがとうございます、陛下」

どうしよう、胸がこんなにも温かくなってしまっている。

ここに気持ちを残したまま戻れない、そう思ってしまったから、なおさら強くそう思うのかもしれない。

「綺麗……とても、綺麗です」

手のひらに載せてうっとりと見つめていたら、彼はそれを取り上げた。そうして、もう一度リリィの髪にそれを挿し込んでくる。

ふっと耳をかすめる彼の指先。先ほどより体温が上がっているのは、リリィの気のせいだろうか。

いたたまれなくなって、視線を落とす。顔が熱い。こんなにも気持ちがふわふわしてしまうのは、彼に気持ちを告げると決めたからだろうか。

差し出された手に自分の手を重ねると、先に立ったザリウスがゆっくりと歩き始める。リリィの歩く速度にちゃんと合わせてくれる。

誰もいない庭園は、ところどころにランプが置かれているため、足元が見えないことはない。暗い中にゆらゆらと浮かぶランプの光は、幻想的な光景を作り出していた。

空を見上げてみれば、落ちてくるのではないかと不安になるほどの星が煌《きら》めいている。ザリウスのつけてくれた侍女達が、このドレスを勧めた理由がわかった気がした。

「戻らなくて、よいのか？」

先に問いかけたのは、ザリウスの方だった。

「戻る？　どこに？」

「兄君と一緒に戻らなくても、よいのか？　他の家族にも会いたいだろう」

「ええ……会いたいです……けれど」

ザリウスの手が、きゅっとリリィの手を握る。彼の指先は珍しくひんやりとしていて、緊張しているのがこちらにまで伝わってくる。

（私の返事を、そんなに気にしてくれているのかしら……）

リリィの指先はどうだろう。心臓は先ほどからバクバクと激しく脈打っているけれど。

「私、ここに気持ちを残したままでは帰れないと思ったの。あなたは、私にとって、大切な存在だもの」

彼への好意をうすうす自覚していたけれど、身分が違うからと最初から深入りしないようにしてきた。

彼もリリィを尊重してくれて、二人の間にあった一線を越えようとはしなかった。

それでも、ザリウスを失ってしまうと考えたら、気持ちに嘘はつけないと思った。

兄と再会して、家族に会えると思った今も、この先どうしたらいいかわからなくても。

この気持ちをザリウスのところに残したまま帰国なんてできない。

「あなたは、私を望んでくれているのでしょう？　身分とか、国力の違いとか、そんなものはまったく考えずに」

「リリィには、かなわないな。そうだ、俺はリリィを望んでいる。初めて顔を合わせた時から、きっとそうだった」

彼と初めて顔を合わせたのは、彼がメイルーンを訪れた時のこと。

用がすめばリリィに会いに来る必要なんてないのに、それからも彼はリリィの小屋を訪れた。

「だから、中に入らなかったんですか？」

うすうすと察してはいたが、あえて問いかけてみる。

小屋に招き入れようとしても、彼は絶対に足を踏み入れようとはしなかった。例外は、雷雨に巻き込まれた日だけ。

あの日だって、一晩共に過ごしたくせに、口づける以上のことはしなかった。

「そうだ。自分を止められる自信はなかった。実際、雷雨の日は危なかった」

「危なかったって……」

リリィがくすくすと笑うと、彼はいくぶんむっとしたような顔になった。

今、どんな形で彼と接しているにしても、彼はリリィを大切に思ってくれている。今までの二人の関係からも、それは明らかだった。

「でも、あなたが私を大切にしてくれているんだって……そう思えるから、嬉しい」

そう告げたのは、小さな声。

リリィの方にも、うかつに踏み出せない事情はあった。

あの時は、リリィも、彼との間に一本の線を残そうとしていた。その線を、お互い越えてしまった今も、そこから先にうかつには踏み込まない方がいいとどちらも思っている。

けれど、もう無理だ。気持ちに嘘はつけない。彼と離れた人生なんて、考えられないのだ。

「私は、あなたが好き。大好き。これから先もあなたと一緒にいたかったら、どうしたらいいの？」

「……リリィ。そんなの、考えなくていい。ここにいてくれたら、それでいいんだ」

背中に手が回ったかと思ったら、あっという間に抱きしめられた。彼の胸に強く顔を押し付けられて、伝わってくるのは彼の鼓動。

いつもよりもドキドキとしていて、彼の気持ちが、今まで以上に伝わってくるみたいだ。

「見せたいものがあるんだ。このまま一緒に来てくれ」

しばらくの間リリィを抱きしめていた彼は、解放してからそう告げた。こくん、とうなずき、リリィは再び彼について歩き始める。

しばらく行くと、庭園の雰囲気が変わった。今まで以上に、置かれているランプの数が多い。そこは、今までリリィは来たことのない庭園だった。

「こんなに明るくて、まるで昼みたい」

普段生活している宮殿からは、少し離れた場所にあり、樹木で巧みに遮られていて、他の場所からは見えないように工夫された場所だった。

「ここは、母の庭だったんだ」

「陛下のお母上のお庭ですか？」

ザリウスの母は、正妃として先代国王に嫁いだ。

後宮制度を復活させたのに頭を抱えていたようだが、さらに彼女を悩ませたのは、夫が復活させた後宮制度を、必要以上に活用したことだったらしい。

正妃として尊重はされていたけれど、娘のような年齢の女性まで後宮に呼ばれるようになってからは、どうにかして国王を止めようとしばしば諫めていたと聞く。

「母の意向もあって、俺は早くから王宮を離れていた。俺がいない間、母はここで時を過ごしていたそうだ」

正妃である母を一人、ここに残していくのはザリウスとしても気が引けたらしい。けれど、彼女は外に出るようにと積極的にザリウスの背中を押した。

王族のままでは身に付かないことがあると説得されたのも、ザリウスが王宮を離れる理由となったようだ。

「母は、ここで一人過ごすのが好きだった。仲のいい女性だけが、ここに招かれたとも聞いている」

正妃は少し前に亡くなったという噂はリリィも聞いていた。葬儀が行われた頃、リリィが買い物に行った市場でも、彼女を悼《いた》む声を聞いたから。

彼女が亡くなって以降、この庭園を訪れる者はいなくなったのだろう。

もちろん、王宮の一画であるからきちんと手入れはされているが、この場所はどこか寂しいようにも感じられる。

「リリィに、この庭園を贈ろうと思う」

「私に？　でも、大切な場所でしょう？」

ザリウスにとって、ここは亡き母親の思い出の場所ではないのだろうか。気軽にリリィに与えていい場所ではないはず。

「もし、リリィがこの国に残ってくれるとしても、俺はリリィをあの森に帰してはやれない」

「私だってそのぐらい……ちゃんと、わかっています」

メイルーンから教わった知識を生かして、他の人の役に立てるのは、リリィにとって得難い経験だった。

自分の手を動かして畑や家畜の世話をし、薬草を調合し、家事をする。

そんな森の中で自然と共に生きる生活が、思っていた以上にリリィには合っていたというのも、あの小屋で暮らすようになってから知った。

貴族の令嬢からしたら、力仕事をしなければならないのは不幸かもしれないが、幸せな生活だった。

けれど、ザリウスから離れてあの小屋に帰ろうとは思わない。

「だから、せめてこの庭園をリリィの好きなように使ってくれ。飼いたければ、あのあたりに鶏小屋を建てよう。牛でも山羊でも、リリィが飼いたい動物がいるなら連れてくる」

「牛は……面倒見きれないと思います」

たしかに森で生活していた頃、牛がいればいつでも牛乳が飲めるのにとこぼしたことはあった。だが、牛一頭飼うのは大変な重労働。それに、王宮にいるならば、牛乳はいつだって手に入れられる。

「……だが」

「気持ちは……嬉しいです。あなたのお母様の大切な庭園を、私に譲ってくださるというのも……でも、私は森に帰りたいわけではないんです」

たしかに、あの森での生活は気楽だった。離れられないとも思っていた。

リリィは、ザリウスの側にいたいのであって、あの森で一人、彼の訪れを待ちたいわけではない。こうやって王宮で暮らすようになってから強く思う。

「あの森での生活は好きでした。それに、あの時は、森から出たらあなたの足を引っ張ることにしかならないと思っていたんです。いいえ、それは今でも思っているけれど……患者さんを放っておくわけにもいかなかったし」

あの時と今、確実に違うことがひとつだけある。

あの時のリリィは、存在していても自分がどこの誰なのかを証明する術を持っていなかった。だが、今はリリエッタ・ドゥシャリエという名前を取り戻した。

「もちろん、あなたの隣に立とうと思ったら、ものすごい努力はしないといけないでしょう。だって、今の私には足りないものだらけだから」

この国の貴族令嬢と小国の王女であったリリィの受けてきた教育はまるで違う。それに、リリィの王族としての教育は十四歳の時に強制的に終了となった。

足りないものがたくさんある以上、ザリウスの側にいるリリィを悪く言う者はいくらだって出てくる。

「でもそれは、私の努力である程度どうにでもできるでしょう？　あなたが私を望んでくれるのなら、私は……あなたの隣にいたい」

勇気を振り絞って告げたのに、ザリウスは何も言ってくれなかった。首を傾げて見上げれば、目を丸くしてこちらを見下ろしている。

「なんて、言えばいいんだ」

「それを私に聞くの？」

「リリィの気持ちに、心を打たれた。俺が用意できたのは、せいぜいこの場所ぐらいだというのに」

この場所を用意するだけで、十分すぎるほどの好待遇なのだが、彼は足りないと思っているらしい。

「ここを隠れ家にしてもいい。花壇を全部薬草園にしてもいい。あちらの建物もリリィが好きなように改造して構わない」

腰を抱いて引き寄せられる。彼との距離が近くなった。ぴたりと身体が密着し、そっと唇が触れ合わされる。

再び手を取ったザリウスは、リリィを庭園の奥の方にと誘った。そこは、先ほど彼が示した建物の近く。

正妃は、一人になりたい時には、この建物で朝まで過ごしていたらしい。ランプの明かりでは色まではわからなかったが、近づいてみれば瀟洒《しょうしゃ》な造りの建物だった。

「誰にも邪魔をされないここが、好きだったんだろうな――と目的地は、こっちだ」

ザリウスがリリィを案内したのは、建物の奥にある小さな寝室だった。室内には品のいい家具が置かれている。

「この庭園で好きなように過ごし、遅くなったらここで休めばいい」

ベッドはリリィの部屋に置かれているものより狭く、二人並んで横になったらいっぱいになってしまいそうだ。だが、その狭さが逆にリリィには心地いい。

「その時には、あなたも一緒に来てくれないと」

ずっと彼の側にいたい。それが偽りのない本心だ。

恋をした。身分違いだと思っていても。

きっとこれからもっと彼のことを好きになる。彼と過ごした時間はまだ短いけれど、それでもこの胸の中にある想いは本物だ。

この想いを残して、帰れない。リリィがいたいのは、ここだ。

「リリィ」

名前を呼ぶザリウスの声は低くて甘い。その声にすべてをゆだねてしまいたくなる。

そっと頬に触れた手のひらの温もりに目を閉じれば、唇が重なる。触れ合ったところすべてが熱くて溶けてしまうかと思った。

「愛しているよ、リリィ」

「……私も」

見つめ合い、また口づけを交わす。

何度も繰り返されるそれに、息が苦しくなったところでようやく解放された。

背中に回された腕に力がこもる。抱きしめられて、耳元で囁かれた。

「リリィが欲しい」

ザリウスの言葉に心臓が大きく跳ね上がる。

頬が熱い。

恥ずかしさと嬉しさがないまぜになり、どうしたらいいのかわからなくなる。

「いいか？」

たずねるザリウスの声に小さくうなずくと、彼の手がドレスにかけられた。薄いローブが落とされる。

身体がこわばるほどに緊張する。改めて想いを認めた今だからこそ、よけいに緊張してしまう。

ザリウスの手が伸びてくる。大きな手のひらが乳房に触れると、ぴくりと体が震えた。

「んっ……」

指先がドレス越しに乳首をかすめ、思わず吐息が漏れる。優しく撫でるように触れられているうちに、そこは次第に硬さを増していく。

合わせた唇の隙間から、彼の舌が入り込んできた。ためらうことなく、リリィも舌を差し出す。

熱い舌に舌をとらわれ、吸い上げられ、頭の芯まで痺れてくる。合わせた唇の隙間から、甘ったるい声が漏れた。

足に力が入らなくなって、背中に回されたザリウスの手に体重を預けてしまう。まるで乳房を差し出しているみたいに、背中をしならせた。

「ん、あ、あぁっ！」

硬くしこった胸の頂を、ぎゅっと強く摘まれ、捻られて、甲高い声が上がる。

摘み上げられて引っ張られた後、今度は押しつぶすようにして押し込まれてきた。そっと身体を回転させられ、側にあったベッドに座らされる。

親指の腹で乳首を撫で上げられ、焦らされるもどかしさに肩を揺らす。

「ふぁ……ああ……」

いつの間にかドレスの肩紐が肩から落とされ、ドレスがずらされて露わになった胸に唇が寄せられる。舌先で転がされ、吸われ、甘く嚙まれて腰に痺れが走った。

与えられる快感に酔いしれる。下腹部の奥がきゅんとして切なくなってきた。

「陛下……」

「名前で呼んでくれ。リリィには、名前で呼んでほしい」

「ん、ザリウス様……」

請われた通り名前で呼べば、それに応えるかのように彼が顔を上げる。視線が合うなり、彼は再び乳房に口づけてきた。

視線を合わせたまま見せつけるように舌を出し、舌の先で胸の頂を舐められる。情欲をたたえた視線で見上げられ、ぞくりとした感覚に見舞われた。

「気持ちよさそうだな。リリィは、ここが弱い」

すっかり硬くなった乳首を舌で弾くように刺激され、淫らな喘ぎが漏れる。

隠しておきたい愉悦が引きずり出され、自然と脚が開いていく。まるで、彼を招き入れようとしているみたいに。

スカートが捲《めく》り上げられると、繊細な絹が肌を撫でる感触にさえ淫らなものを覚えてしまう。

ザリウスの手が内腿に触れた。ゆっくりと撫で上げられ、ぞわぞわとした快感が全身に広がる。やがてその手が中心へと近づいてきた。

待ちかねたように内腿が震えた。脚の奥、秘めておくべき場所がはしたなく疼き、触れてほしいと主張するみたいに蜜を溢れ出させている。

「あっ！」

下着越しに秘所に触れられた途端、びくんと大きく身体が跳ねた。そこはすでにしっとりと濡れており、彼が指を動かす度にくちゅくちゅという水音が聞こえる。

「感じてくれているんだな。こうしたらどうだ？」

「ひぁんっ！」

布越しに、敏感な箇所を押し込めるようにされる。布越しでもなお響く淫靡な音。

花弁はひくひくと収斂《しゅうれん》し、腰の奥の疼きが強くなる。

「あっ、あっ、あっ、お願いっ……も、う……！」

こらえられない。身体の奥まで満たしてほしい。

腰を浮き上がらせれば、敏感な芽を布越しにつつかれた。

身体中がぶわっと一気に熱くなり、頭の奥まで突き抜けるような巨大な悦楽が走り抜ける。

たしかに達したのに物足りない。身体の中心が、満たしてほしいのだと訴えかけてくる。

リリィは、ザリウスを潤んだ目で見上げた。視線だけで、彼はリリィが何を言いたいのかをわかってくれる。

そっとベッドに横たえられたかと思うと、するりと下着が剝ぎ取られる。秘めておくべき場所が部屋の空気にさらされた。

やがて彼の指は奥へと侵入してきた。中を探るように動かされると、感じたことのない刺激に襲われる。

「ああん！」

ある一点を擦られた瞬間、強い快感に襲われた。

ザリウスはその部分を狙って何度も同じ場所を責め立てる。その度に身体が跳ね上がり、声が上がるのを抑えることができない。

「もう……だめ……あぁあんっ」

頭が真っ白になるのと同時に全身から力が抜けていった。高みに上りつめた余韻に身を任せる。立て続けに二度追い上げられて、息も絶え絶えになっている。

けれど、今日はそれだけでは終わらなかった。

大きくリリィの脚を開かせたと思ったら、ザリウスは間に顔を下ろしてくる。そして、あろうことか蜜を滴らせる花弁に舌を這わせてきた。

「だめっ！　そんな……」

慌てて彼の頭を追いやろうとしたけれど、舌先が敏感な芽に触れたとたん鋭い刺激が走る。濡れて熱い感触に、一気に手足が跳ね上がった。

「ああっ……いやぁ……」

恥ずかしさと快楽が入り交じり、思考が一気に押し流されてしまいそうだ。

ザリウスは執拗にそこを刺激してくる。舌全体で舐め上げたり、ちゅっと音を立てて吸い上げられたりする度に腰が揺れた。

強すぎる刺激から逃れようと身を捩るが、しっかりと腰を固定されていて逃げられない。それどころかさらに強く押しつけられた。

強い快感と羞恥心に、視界に涙の幕がかかったようになる。

敏感な芽を転がされ、跳ね上げられ、時に押し込めるようにされる。その度に身体全体を走り抜ける愉悦。

「リリィ、逃げるな。すごい、感じてくれているんだな」

つま先がピンと伸びたり、弛緩《しかん》したりを繰り返す。舌先から送り込まれるのは、身体の芯からぐずぐずになって、蕩けてしまいそうな熱。

全身から火を噴きそうなほどに快感でいっぱいになって、口から溢れるのは嬌声ばかり。身体にまとわりつくドレスの感触までが、愛撫となってリリィを悩ませる。

「あっ、あっ、あぁっ！」

絶え間なく与えられる愉悦に、身体を大きく震わせる。

なんて淫らなんだろう。こんなにも脚を大きく広げ、中心を舌で愛撫されているなんて。

頭のどこかでそう思えば、背徳感が快感を増幅させる。

「もう……駄目ぇっ！」

大きく背中をしならせ、リリィは今日何度目かの絶頂に達した。

ザリウスが顔を上げた時には、すっかり息が上がってしまっていた。まだ余韻が残っているのか、時折ぴくんと体が震える。

ぼんやりとした視界の隅、彼が衣服を緩めていくのが見えた。上着を放り投げ、シャツのボタンを外していく。

「いいか？」

何を、とは聞かない。二人ともわかっている。彼を受け入れたいという欲望が身体の奥でくすぶっている。

小さくうなずくと、ザリウス自身が押し当てられたのがわかった。

リリィの許しを得たザリウスはゆっくりと腰を進めてきた。限界まで押し広げられた後、さらに奥を目指して進んでくる。

「ザリウス様、好き……あなたが、好き。お願い、もっと」

思わず声が漏れた。

腹立たしいほどにじりじりと内壁を侵食されて、もどかしげな声を漏らして身体をくねらせてしまう。

押し込まれてくる熱が、リリィの中に切なさを生み出す。

彼は動きを止めると、優しく髪を撫で、そのまま落ち着かせるように軽く額に口づけられる。

その仕草に愛おしさを感じずにはいられない。

「やっ、あ、もっと」

再び動き始めたら、あっという間に翻弄された。

自分でも何を言っているかわからない。でも、もっと深く繋がりたいという気持ちに嘘はない。

ザリウスはそれに応えてくれた。ぐっと奥まで押し込まれたかと思うと、次の瞬間にはずるりと引き抜かれる。そしてまた勢いよく突き入れられた。

「ああんっ！」

ここにあるのは快感だけ。

繰り返される動きに合わせてリリィの口から嬌声が上がる。それは次第に大きくなっていった。自分の声とは思えないほど蕩けた響き。

こんな声を出してしまうなんてと頭のどこかで考えるけれど、やめられない。

ザリウスの動きはどんどん激しくなっていく。

腰がぶつかり合う度に、頭の中までかき回されるような喜悦が走る。

奥を穿たれて、リリィは大きく背中をしならせた。

「あっ、あっ、あっ、ダメ、イく……イキそ、う……！」

目の前に白い光が散る。きゅうっと下腹部が締め付けられるような感覚がした。かと思えば、次の瞬間には頭の中が真っ白になる。

快感の余韻に浸ろうとしたけれど、まだ彼は動きを止めようとしない。それどころかさらに激しさを増して、容赦なく奥まで突き入れてくる。

再び官能を煽られて、リリィの方も止まらなくなった。何度も達したはずなのに、自分から貪婪《どんらん》に腰を振る。

もう無理だと思うのに、身体はもっともっととザリウスを求めているようだ。もっと欲しいと言わんばかりに彼を締め付けているのがわかる。

彼が小さく声を漏らす。

彼も感じてくれているのだと知った途端、胸の奥が熱くなるような心地よさを覚えた。

この感情に名前を付けるなら、きっと愛に違いない。

ザリウスの動きが一層激しくなったかと思うと、奥を抉るように突き上げられた。最奥に打ち付けられ、中に熱いものが注ぎ込まれるその刺激でまた軽く達してしまう。今日はどうかしている。こんなに簡単に何度も昇りつめてしまうなんて。

彼のものを搾り取るかのように内壁が収縮を繰り返す。

と、繋がったまままくるりとひっくり返された。

うつ伏せになった姿勢で、後ろから覆い被さられる。ぴたりと身体を合わせられ、首筋に口づけられたかと思うと、耳に舌を差し込まれた。

「ああっ！」

背筋を駆け抜ける快感に全身が震える。彼はそのまま耳を責め立てながら、ゆるゆると腰を動かし始めた。

「あっ、ヤダ……また……」

もう無理だと訴えても聞き入れてもらえない。それどころかさらに激しく揺さぶられて、今度は完全に思考が押し流される。

限界が近いのだろう。リリィも二度目の絶頂へと押し上げられようとしていた。

「あぁっ！　ザリウス様っ、もう……」

懇願しても彼は止まってくれない。それどころか、律動はますます激しくなっていくばかり。

揺さぶられて、追い上げられて、呼吸さえままならないのに、身体は彼を求めてやまない。

もっと欲しいとばかりに蜜壁が彼を締め上げているのがわかる。

シーツをぎゅっと掴むと、リリィの腰を掴む手に力がこもった。

「……俺も」

耳元で囁きかける彼の声も熱を帯びている。

ぐっと腰を突き入れられたかと思ったら、最奥を熱い飛沫で濡らされる。

半分意識が飛びかけていたけれど、ずるりと彼自身が引き抜かれていく。

そのままぐったりとベッドに沈み込み、荒い息を整えようとする。離れたくないと言わんばかりに、しっかりと互いの身体に腕を回したまま。

どちらも口を開こうとはしなかったけれど、互いを必要としていることだけはわかっていた。


翌日、与えられた部屋に戻ったリリィを出迎えたエドミールは、ふくれっ面になっていた。

戻ってくるまでずっと、リリィの居間で待っていたらしい。

「昨晩はどこに行っていたんだ。外泊をするような軽薄な娘に育てた覚えはないぞ」

兄には可愛がってもらったが、育てられた記憶はない。だが、それを口にしてしまえば、エドミールはますます不機嫌になるのはわかっている。

「昨晩は、自分の気持ちを確認していたの」

「どうするんだ？」

ぷんぷんしてみせていたのは、半分演技だったようだ。静かなリリィの声音に、エドミールも居住まいを正した。

エドミールの金髪に、朝の光が柔らかく降り注いでいる。こうして見ていると立派な貴公子なのに、リリィのことになるとまるで別人みたいだ。

「私、ザリウス様に嫁ぐわ」

「……僕は賛成できないぞ！　反対だ、反対！　お前を奪った国の王じゃないか！」

両手を上げて賛成してもらえるとは思っていなかったけれど、そこまで大声を上げての反対になるとは思っていなかった。

「たしかに、私がこの国に来たのは不幸な経緯だったのは否定しないわ。殺されかけたし、森の中で一人暮らしすることにもなったし」

でも、この国に来てからの生活がすべて不幸かと問われたら違った。メイルーンとの出会いも、森の小屋に来た人達との時間も。

「だけど、そうしたからこそ得られた経験というのもたくさんあるし……それに」

互いの素性を知らないまま出会ったザリウスと、惹かれ合うことにもなった。けれど、それを実の兄にどう伝えたものか。

ここまで勢いで話をしてきたけれど、そこで急に止まってしまった。

「ああ、もう……いいのか？　本当にいいのか？　苦労するぞ」

「それはもうわかっているの。でも――このままお兄様と帰国したら、きっと私は、一生後悔すると思う」

リリィにとって、家族は大切な存在。愛しているし、今でも会いたい。

けれど、それと同じぐらい大切な存在もできてしまった。

「……絶対に連れ帰るつもりだったのに」

「会いたい。お父様とお母様にも会いたいわ、だけど」

「わかっている。気持ちは、止められないんだろう？」

不意に兄の声音が優しくなって、リリィは顔を上げた。今までザリウスを敵対視していたのに、どうして急に変わったのだろう。

「お前が本気なら、僕には止められないからな。お前も大人になった、ということさ」

大人になった。そう言われても、正直なところ実感はない。

けれど、今までの兄の様子とはまったく変わっているのに、戸惑ってしまった。

「お前が大人になるのを側で見られなかったのは悔しいけどな……けれど、リリィ。愛する人がいるのなら、きっとどんな困難だって乗り越えられる」

「お兄様……私、親不孝かしら」

せっかく身分を取り戻したのに、母国に帰らずここに残るという選択をしてしまった。自分がとてつもない親不孝者に思えてくる。

「そんなことないだろ。生き延びていてくれた。それだけで、父上と母上も喜ぶさ。僕は先に戻って、話をして、父上と母上の返事を持って戻ってくる。だから、リリィは堂々と胸を張って挨拶に来い」

「それって」

ザリウスと正式に婚約したら、ということでいいだろうか。

「ありがとう、お兄様。私、お兄様を愛してるわ」

「なんだ、そんなこと」

エドミールは、肩をすくめて言い放った。

「前から知ってるに決まってるだろ。僕は、お前の兄なんだぞ」

本当に、この人の妹でよかった。不意にそんな思いがこみ上げてきて、エドミールの身体に手を回す。

ぽんぽんと頭を撫でる仕草は、まだ幼かった子供の頃以来のもの。だが、兄との絆は失われていないのだと改めて痛感した気がした。

# 第六章　新たな決意と王女の自覚

腹立たしいことには変わりはないが、としかめっ面になったエドミールを見送ったのは、当初の予定通りの出発日だった。

「たしかに手紙は預かった。父上も母上も反対はしないだろうが、僕が返事を持って戻ってくる」

しかめっ面のまま、エドミールは馬車に乗り込む。

乗り込んでしまえば、諦めもついたらしい。

さっさと出立していったのは、少しでも早く自分の目で見たリリィの様子を両親に伝えたいからか。

二人並んで馬車を見送っていると、ザリウスが口を開いた。

「一緒に戻らなくてよかったのか？」

「今戻ったら、こちらにもう一度来る勇気は持てない気がしたんです……」

ザリウスに問われ、リリィは首を横に振った。

「それは、困る」

彼は笑ったが、エドミールの出立前に、リリィにあの庭園を与えてくれたのは、リリィに心を決めさせるためでもあったらしい。

あの時リリィがザリウスに嫁ぐという決意をしなかったら、心置きなくエドミールと共に母国に戻れるように、という計らいでもあったそうだ。

「リリィが帰りたいと言うのなら、俺にできるのは、リリィをきちんと見送ることぐらいだからな。その前に、やるべきことはやろうと思った」

「……私は、あなたといることを選んだわ」

唇を尖らせれば、そっと肩を引き寄せられる。

気持ちを改めて伝え合ってから、彼はますます甘くなったような。と、そこにヴィクラムの声が割り込んできた。

「無粋なのはわかるが、少しいいか？　母上が、リリエッタ王女に会いたがっている」

「私に、ですか？」

ヴィクラムが様子をうかがっていたとはまったく気づいていなかった。リリィの頬に血が上る。

そっとヴィクラムの方をうかがうと、彼は肩をすくめた。

「正妃様に協力して、後宮を束ねてきたのは母だ。この国の王宮について、リリエッタ王女に話をしておきたいことがあるらしい」

ヴィクラムの母であるアデライーデは、正妃に次ぐ影響力を後宮内で持っていたそうだ。前国王の寵愛も深く、国外から嫁いできた姫君ということで丁寧に扱われていたようだ。妃としての序列も、正妃の次。今でも後宮に残っているのは、女性王族の立場から王宮を支えるためらしい。

「リリエッタ王女には、妃教育も受けてもらわなければならないし、覚えてもらうことも山のように出てくると母は言っている」

後宮は解体するにしても、妃として覚えねばならないことはあるので、リリィの妃教育係は、アデライーデが担当してくれるそうだ。

「わかりました。いつお伺いすればよろしいでしょう？」

「今日の午後にでも。都合が悪ければ、リリエッタ王女の都合のいい時でいい」

ザリウスに視線で確認を取れば、今日の午後は特に予定は入っていないらしい。

後宮の女性達と顔を合わせる機会は今までにもあったけれど、アデライーデは毎回公務で留守にしていて、彼女と顔を合わせるのは初めてだった。

「では、母に今日の午後と伝えておく。時間は、リリエッタ王女の部屋に使者を送る」

「承知しました。あの、ヴィクラム様」

「なんだ？」

「ありがとうございます。私、そういったことにはまったく気が回っていなくて」

そう口にしたら、彼は驚いたように目を瞬かせた。それから、すぐに表情を消して首を横に振る。

「我々の失態でもあるからな。リリエッタ王女が気にする必要はない」

ザリウスの方に軽くうなずくと、ヴィクラムは踵を返して歩き出した。彼の足取りはきびきびとしていて、見ているこちらも気分がいい。

「ヴィクラム様は、王宮を離れなかったんですね」

「宰相の地位についてもらおうと思っている。優秀だからな」

たしかに、余計なことは口にしないのも、きびきびとした足運びも、彼が優秀な人材であると証明しているみたいだ。

リリィの母国では、あまり見かけないタイプだ。この国が大国だから、国を支える人材はリリィの想像以上にしっかりしていなければならないのだろう。

「では、私はマナーの復習をしてこようと思います。アデライーデ様にお目にかかるのに、錆びついたマナーのままじゃ失礼ですから」

「わかった。では、次に会えるのは夜になるかな」

今日の昼は、ザリウスは公務で外に出かけるらしい。

額にキスしてくれたザリウスと別れ、午前中は、マナーの復習をして過ごす。後宮の女性達との茶会の前にも復習しているが、この国のマナーと母国のマナーはかなり違う。

うっかり子供の頃から学んできた母国のマナーが出てしまいそうになって、慌てて修正することもしばしばだ。

緊張で食欲が湧かなかったから、昼食は軽く、卵と野菜を挟んだサンドイッチ。それに、ハーブティーを用意してもらった。

早めに昼食をすませてから、アデライーデとの面会にふさわしいドレスに着替える。

侍女が選んでくれたのは、落ち着いた水色のドレスだった。胸元と袖口は、黄色いリボンで飾られている。

髪は邪魔にならないように緩く編み、そこも黄色いリボンで飾ってもらった。

アデライーデの住まう建物は、リリィが滞在している建物から馬車で十分ほどのところにあった。

(……すごいわ)

馬車を停めた離宮の前で、リリィはぽかんと見上げていた。

王宮内に点在する建物の中でも、アデライーデが暮らしているのは、ひときわ贅を尽くした造りの建物だった。

真っ白な石造りの建物には、繊細な彫刻が施されている。建物の正面には、円柱が何本も立てられていた。その円柱にも、神話の一場面が彫り込まれている。

使用人に案内されて建物の中に足を踏み入れてみれば、床は磨き抜かれた大理石であった。何種類かの大理石を組み合わせ、床に複雑な模様を描き出している。

通されたのは、アデライーデの私室だった。品のいい家具でしつらえられた部屋の中央で、彼女は抜群の存在感を放っている。

黒い髪を高々と結い上げたアデライーデは、ヴィクラムという成人した息子がいるとは思えないほど若々しい女性だった。

肌は白く艶やかで、唇に差した赤い紅が映えている。

耳を飾るのは、大粒のエメラルドを使った耳飾り。この国の後宮で長年生き残ってきたのは、彼女の美貌と才覚のおかげなのだろう。

「お招き、ありがとうございます」

「招いたわけではないけれど」

挨拶をしたら、ぴしゃりとそう返された。

敵意とまではいかないが、リリィに対する面白くない気持ちというのを隠すつもりはないようだ。

(……私が、気に入らないのでしょうけれど)

ザリウスやヴィクラムから聞いた話から判断すると、アデライーデは国外から嫁いできたのに、この国に対して忠誠心を持っているようだ。

この国を愛しているからこそ、王妃になる女性にも厳しい目を向けるのだろう。

彼女はゆったりと一人がけのソファに身を預け、リリィはその前に立っている。顎で合図されて、リリィは丁寧に頭を垂れた。

「それでお辞儀をしているつもり？　首の角度がよくないわ。スカートを持ち上げるのなら、もう少し手を上げなさい」

「は、はい」

まさか、顔を合わせた瞬間、お辞儀の仕方にダメ出しをされるとは。

どうやら、リリィのマナーは錆びついているだけではなく、根本から駄目になっていたらしい。

お茶会で顔を合わせる女性達がそこまで煩《うるさ》く言わなかったのは、リリィに遠慮してのことなのか、王妃になる可能性があるとは思っていなかったからなのか。

「あなたには、しっかりとした教師が必要になりそうね」

「……はい、アデライーデ様」

手にしたレースの扇を顎に当て、彼女は思案の表情になった。

緑色のドレスをまとった彼女は、ソファに身を預ける仕草でさえも自分が美しく見えるよう計算しつくしている。まるで、だらしないところは誰にも見せないとでも言いたそうに。

「そうね、私が学んだ教師にお願いしましょう。私も国外から嫁いできたのだもの。私を鍛え

てくれた教師なら、あなたも信頼できるのではなくて？」

「はい。アデライーデ様にお任せします。よろしくお願いします」

リリィに、他に何が言えただろう。アデライーデの前に出ると、自分が小さくなったように感じられた。

いや、実際小さい。両親は後ろ盾になってくれるだろうけれど、小国の君主にたいした力があるわけもない。

「今日はあなたのマナーがどの程度なのかを見たかっただけ。もう下がっていいわ」

「はい、アデライーデ様。失礼いたします」

リリィのマナーがどの程度なのかを確認するなり、手を振って退室するよう合図される。

アデライーデに、リリィから何か言えるはずもなかった。


教師が付けられてしっかり王妃教育を受けることになったが、リリィの思っていた以上に王妃教育は厳しかった。

国内の貴族について学ぶのは必須。もちろん、母国にいた頃はリリィもそうしていた。だが、この国では、覚える貴族の数があまりにも違う。

主だった貴族だけでも百を超える家がある。末端まで覚えようとしたら、五百を超える。だが、王妃としては全部頭に叩き込んでおく必要があるらしい。

もちろん、国外の王族貴族についても、親交がある国については覚えておかねばならない。四年もたっていれば国内外の状況も変わってくる。

王妃教育のために呼ばれた教師は、後宮の一画で暮らすことになり、リリィは毎日そこに通う。

教師がリリィのところに来ないのは、教材があまりにも多いので、持ち運ぶよりリリィが移動した方が早いからだ。

アデライーデも歴代の妃もそうしてきたと言われたら、逆らう理由もなかった。

重苦しい気持ちを抱えながら、今日も勉強部屋へと向かう。

身に着けるのは、明るい茶色を基調としたドレス。襟元だけレースで飾られていて、コルセットをきっちり締めないと着られないデザインだ。

王妃として、コルセットの着用にも慣れるべきだと、ゆったりとしたドレスは当面禁止になってしまった。

勉強部屋に供えられているのは、大きなテーブル。それに、大きな本棚。そこに納められている大量の書物や書類は、すべて王妃教育に使われるものだと聞かされている。

「……思っていた以上に大変ね」

教師の前で、この国の歴史書に目を通しながら思わず口から零れ出た。背後に立っていた教師が、「はっ」と息を漏らしたのに、思わず肩を跳ね上げる。

「大変？　この国のお妃様は、皆、この程度のことは学んできたのですよ？　まったく、こんな最低限の教育もできていない、マナーも知らないような小娘を……」

そう教師がつぶやいた。

そこまで言わなくてもと思うけれど、リリィの学びが足りていないのも事実。今夜は、しっかり復習をした方がよさそうだ。時間を取って、明日の予習も進めておこう。

「まあ、いいでしょう。午後には、アデライーデ様が令嬢達を招いてお茶会を開かれます。リリエッタ殿下も参加なさいますよう」

「……参加してもよろしいのですか？」

はん、と教師は鼻で笑った。

本当に、リリィに対する対応は、王族に対するものとも思えない。今のリリィを王族と言ってしまっていいのか疑問が残るとしても。

「では、茶会用のドレスを選びましょうね。殿下がどのドレスを選ぶかも、茶会では大事な要素となります」

リリィが王妃となったなら、リリィが流行を作る側になるらしい。とはいえ、茶会のマナーを守らずにドレスを選べば、そしられるのもまたこの国だ。

ずらりと並んでいるのは、後宮の女性達のために仕立てられたドレス。

最初の数日はともかく長期滞在するのなら、ザリウスは新しいものを仕立ててくれると言ったけれど、それはこちらから断った。

正式に婚約を結んだならまだしも、リリィは今勉強中。それよりは、後宮に残されていて、誰も使うあてもないドレスを直した方がいいだろうという判断だ。

「……こちらはどうでしょう」

右端のドレスを選ぶ。襟は高く、身体の前面には、襟から腰まで真珠貝の飾りボタンが並んでいる。スカートはふわりと膨らませるのではなく、すとんと流れ落ちる形。手首にも、身頃と同じ飾りボタンが並んでいてとても可愛らしい雰囲気だ。

「なるほど、そういうドレスがお好みなのですね」

けれど、リリィの選んだドレスは、教師にはあまり気に入られなかったようだ。はぁとわざとらしくため息をついたかと思ったら、彼女はその隣のドレスを指す。

「アデライーデ様の開催する茶会には、今選んだドレスでは軽すぎます。こちらのものを基本としてください」

今回の茶会は、王宮で開かれる茶会の中ではもっとも格式が上のものになるらしい。その場合、この国では真珠貝の飾りボタンは使ってはならないそうだ。

教師が選んだドレスは、真珠貝ではなく、繊細な彫刻の施されたボタン、おそらく貴石を使っているものがつけられていた。

「飾りボタンで許されるのは、貴石を使ったもののみです。でなければ、こちらのようにレースが華やかなものを選んでください」

「……わかりました」

ボタンを使わないのであれば、その分レースで華やかにするのがいいらしい。四年も流行の最先端から離れていたし、そもそも国元で見ていたドレスとはまるで趣が違う。

ドレスをきちんと選ぶのも、なかなか難しそうだ。

アデライーデの前で失敗するわけにはいかないからと、教師がドレスを選んでくれる。

長い髪は、邪魔にならないように編み込みにするなり結い上げるなりするのが基本。

側頭部の髪は編み込みにしてもらい、残りは首の後ろでくるりとまとめることにした。そこに銀細工の髪飾りをさす。

ぐるりとリリィの回りを一周した教師は、ぎりぎり合格点、というようにうなずいた。

(……お茶会って、こんなにも大変なものだったかしら)

参加する前からすでに気が重い。だが、ザリウスの妃になりたいのなら、このぐらいで根を上げるわけにはいかないのだ。

リリィは、アデライーデの待つ茶会の会場へと歩みを進めた。リリィについて歩くのは、侍女が二人。彼女達は、茶会の間は会場の隅で待つ。

「お招きありがとうございます」

アデライーデに対して、正式の礼を取る。上から見下ろしたアデライーデは広げた扇の陰でため息をついたようだった。

「やはり、付け焼刃では無理かしら」

「努力いたします、アデライーデ様」

「言うだけなら誰でもできるのだけど、ね。イライザ嬢、こちらにいらして」

すでに会場内には、何人もの令嬢が座っていた。名指しされた令嬢、イライザが立ち上がる。

そして、アデライーデの手招きにしたがって、こちらに向かってやってきた。

「イライザ嬢、お辞儀とはどのようにするものか、お手本を見せて差し上げてくれるかしら」

「私ごときが、王妃候補者であるリリエッタ殿下にお手本を見せられるかどうか」

なんて言いながらも、彼女の口元は笑みの形に歪んでいる。

（たしかに、私のマナーは、まだまだ勉強中だけれど……）

いくらリリィが、人の言葉をいいように捉える傾向にあるとはいえ、今のはわかる。リリィのことをあざけっているのだ。

しなやかな仕草で頭を下げるイライザの姿はたしかに美しく、お手本にしてもいいぐらいだ。

「リリエッタ様は、もう少し努力なさって」

「はい、アデライーデ様」

自分のマナーがまだまだなのはわかっていても、他の人の目の前でこうも馬鹿にされると頬が熱くなってくる。アデライーデは、リリエッタを座らせると、左側に自分が座り、右側にはイライザを座らせた。

　茶会はこうして始まった。

　最初に覚えた嫌な予感は間違っていなかった。それぞれの皿に焼き菓子が供される。

　リリィが、教わったマナーの通りに菓子を口にしようとしていたら、右にいたイライザがこちらに身体を寄せてきた。

「リリエッタ殿下。姿勢がよくありません」

「……姿勢？」

　姿勢ってなんだ。思わずおうむ返しに聞いた。

　リリィのその対応はたしかに失礼だったかもしれないが、ため息をつくイライザが何を指摘してきたのかがわからない。

　イライザは、焼き菓子をひとつ取り上げた。お手本を見せてくれるつもりらしい。

「このように、少しだけ視線を落とすのです。そうすると、美しく見えるのですわ」

「そ、そうなのですね……」

　クッキーを食べる時に視線を落とすのが、この国では美しいとされているのか。実際やってみたが、自分の仕草が美しくなったとは思えない。

　ちらりと視線を走らせて確認すれば、たしかに令嬢達はイライザが教えてくれたような食べ方をしている。

茶会って、ここまで面倒なものだっただろうか。隠していたつもりが、うっかり表情に出たようだ。

「リリエッタ殿下は、表情豊かでいらっしゃいますのね」

「……え？」

別の令嬢がリリィをあざける。考えていることを、表情から悟られるのは淑女失格である。失敗したと思っていたら、別の令嬢の声が重なった。

「とても、親しみやすくてよろしいと思いますわ」

「そうですわね、リリエッタ殿下は平民の間に交ざって暮らしていた期間も長かったでしょうし」

「お国の方でも、そのように過ごされていたのかしら」

いくらリリエッタが社交上のあれこれから遠ざかっていたとはいえ、いくらなんでもこれはわかる。馬鹿にされているのだ。

「……努力いたしますわ」

浮かべた笑みが、歪んでいなければいいけれど。

気が重くなるばかりの茶会を終え、部屋に戻った時にはぐったりとしていた。マナーの復習をすべきだが、頭が回らない。

（……本当、あの頃が懐かしい）

あの小屋を離れて、まだひと月もたっていないというのに、もうあの頃が懐かしくてしかたない。コルセットを外してもらい、楽な服装になってベッドに転がった。

そう言えば、ベッドに転がるのもいけなかったか——もう転がってしまったから今さらだ。

ザリウスの隣で生きていくと決めたのだ。この状況にも、なんとか慣れていかなくては。

もっと、もっと、努力しなくては——彼に釣り合う女性になるために。


厳しい教師や、リリィを引きずり落とそうとする令嬢達とのやり取りですり減ったリリィの心を慰めてくれたのは、ザリウスがリリィに任せてくれた庭園だった。

美しい花壇はそのままに、今まで使われていなかった場所を薬草園に変化させる。

花壇も、今咲いている花が終わった場所から、順に薬草園に変えていくつもりだ。

メイルーンに手紙を書いて相談し、必要そうな薬草について教えてもらった。

彼女のアドバイスで選んだ苗や種を植えても、使えるようになるまではまだ時間がかかるが、自分の居場所ができたようで嬉しい。

今日は、アデライーデが主催の夜会だ。彼女はもうすぐ王宮を去ることになっている。夜会は、彼女が親しくしていた人達を招き、去るまでの間に何度か開かれるらしい。

「本当に、私が行ってしまって問題ないのかしら」

リリィは、鏡の前でつぶやいた。

今、リリィが身に着けている夜会用のドレスは、ザリウスから今夜のために届けられたものだった。深い緑色のドレスの胸元には、真っ白なレースがあしらわれている。それから、手首にも同じレースが使われていた。

スカートは何段ものフリルが重ねられていて、さらにレースが重ねられているところもある。このレース一枚で、リリィの母国ならば一年の国家予算に匹敵する価値があると聞かされた時には、目が回るかと思った。

リリィの金髪は、侍女達が丁寧に香油を塗り込み、艶々《つやつや》としている。横の髪を編み込んで後頭部でまとめ、残りは背中に流す。髪に飾っているのはザリウスから贈られた髪飾りと生花だ。

豪奢な金とエメラルドを使った装身具の一揃い。ところどころザリウスの目と同じ色のオニキスが使われているのは、彼の独占欲をわずかにのぞかせたものか。

そこに、森で暮らしていた時に彼にもらった黒い石の嵌め込まれた指輪もつけた。普段は首から下げているが、必要な時には指につけられるよう、サイズを直してもらったのだ。

「リリィが来なかったら、誰が俺の隣に立つんだ？　たしかに、アデライーデ殿は少々厳しい。俺も、幼い頃はずいぶん泣かされた」

リリィの背後にザリウスが立つ。

鏡越しに視線を合わせたザリウスが、遠い目になった。

ザリウスでさえも、子供の頃はアデライーデにかなわなかったらしい。となると、リリィが彼女に対抗できるようになるまであと十年はかかるということか。

「今日のドレスもいいな。リリィに似合っている」

「よかった。あなたが見立ててくださったものだから、着るのが楽しみだったんです」

鏡から離れ、ザリウスの前でくるりと一周してみせる。リリィの動きに合わせて、髪もドレスの裾も優雅に舞い上がった。

「リリィに似合いそうな色を探したんだ」

「……ありがとうございます。とても、素敵」

このドレスをまとっていれば、リリィも少しはましに見えるような、なんて考えている間に、そっとザリウスが腕を差し出す。

今日の彼は、黒を基調とした正装だった。手首のところには、リリィのドレスの色と同じ色で刺繍が施されている。右の耳には、リリィの目の色に合わせたサファイアの耳飾り。

クラヴァットに使われているのは、リリィのドレスに使われているのと同じレース。完全に二人の装いは対となっている。

「……ええ、行きましょう」

自分に気合を入れるように、えいと拳を握ってから、彼の腕に手を添えた。

今夜の装いは、誰にも文句を言わせない。ザリウスがリリィのために選んでくれたものなのだから。

夜会の会場に二人が足を踏み入れた時には、もうかなりの盛り上がりを見せていた。

真っ先に主催のアデライーデのところに挨拶に行く。

「まあ、二人、装いを合わせているのね。素敵ですわ」

レースの扇で口元を覆い、アデライーデが微笑む。まるで、二人がそろっているのを喜んでいるみたいに。

「愛しい婚約者なのだから、当然でしょう」

ザリウスは、リリィの腰に手を添え、自分の方へと引き寄せる。アデライーデはちらりとこちらを見ると、再びレースの扇の陰に顔を隠してしまった。

「母上、そろそろ……」

ヴィクラムがそっとアデライーデに声をかける。うなずいたアデライーデは、もう一度ザリウスの方に向き直ると頭を下げた。

「失礼いたしますわ、陛下。次の指示を出さねば」

「今夜の招待に感謝する。俺の婚約者にも、いい経験となるだろう」

ザリウスとアデライーデの関係は、良好なのだろうか。今まで二人が直接対面している場にリリィが居合わせたことはなかった。そこまで、仲が悪そうには見えない。

「……今、いいか?」

「どうした」

「リリエッタ王女の件で、話しておきたいことがある」

ヴィクラムにそっと目くばせされ、三人そろってテラスに出た。ここでの会話は、中に聞こえてしまうことはない。

「調査は難航している。四年もたってしまっているから、当時の状況を覚えている者も少ないんだ」

「だろうな。俺としては、リリィを、いやリリィだけではない。あの時、後宮に送り込まれた女性達を殺そうとしたやつをそのままにしておくつもりはないのだが」

当時、後宮入りした女性の中には、盗賊に襲われながらも無事に後宮までたどり着いた者もいたらしい。その女性達からも証言を集め、改めて事件の洗い直しをしているところだそうだ。

「新たな女性が父上の後宮に入るのを防ぎたかったというのなら、リリエッタ王女にこれ以上の害が及ぶ心配はしなくてもいいと思うんだが」

「だが、罪は罪だ。亡くなった女性もいる。犯人には償わせねばならない。父上の行動を止められなかった俺も同罪だ」

ザリウスは視線を落とす。

彼は比較的早い時期に王宮を離れ、国境の地域に身を置いていたと聞いている。

そのため、王宮の状況を詳細に知ることができず、後宮入りさせる女性の数が異様に増えていたのも実感できていなかったらしい。

「王宮を離れていたザリウスだけのせいではないだろう。俺は、その頃母上のもとにいたんだからな」

と、ヴィクラムが慰める。

アデライーデも前王を止めようとはしたのだろうが、彼女は王の寵愛を争わなければならない立場である。あまり厳しいことも言えなかったようだ。

「とにかく、調査は急ごう。残しておきたくないんだ」

父の時代の罪を償わねばならないとザリウスがつぶやくのが、リリィの耳に聞こえてきた。ザリウスにとっては、父親の所業は枷《かせ》になっているのかもしれない。

話を終えて広間に戻った時には、もうダンスが始まっている。リリィは目を丸くして、その光景を見つめた。

大人の社交の場に出てもいい年齢になる前に国を離れたから、母国でも夜会に出席したことはなかった。

夜会に出席するために美しく装った母や、親戚の女性達の姿を見かけたことはあっても、これほどたくさんの盛装した女性が集まっているのを見るのも初めてのこと。

「わあ、あの方のドレス素敵」

「リリィのドレスが一番だろう」

「ザリウス様が選んでくださったのだから、私に似合っていて素敵なドレスなのはわかっていますけれど……でも、そうではなくて。美しいドレスを見るだけで楽しいんです」

ダンスに興じている紳士淑女達は、くるくると広間を回っている。耳に飛び込んでくるのは、華やかな音楽。

くるりと女性達が回る度に、スカートの裾が美しく舞う。それに合わせて、宝石達もキラキラと煌めく。

母国にいた頃、遠くから聞こえてくる音楽に耳を傾けながら想像していた光景よりも、はるかに美しかった。

「リリィ、いや、リリエッタ王女」

微笑みを浮かべたザリウスが、こちらに手を差し出していた。

「一曲、お相手願えませんか？　最初のダンスは、俺が独占したい。いや、これから先ずっと、あなたのダンスの相手を務めるのは俺だけでいたい」

「練習はしたけれど、あまり上手ではないんですよ」

こっそりとリリィはささやく。

アデライーデに課された王妃教育には、当然ダンスも含まれていた。ダンス教師もまたアデライーデを仕込んだ人らしい。

厳しく指導されながら、なんとか形になるところまで持ってくることができた。

「安心しろ。俺も慣れてはいない。踊る機会もそんなになかったしな」

「それは……そうね、心強いです」

くすりと笑って、リリィは彼の手を取った。二人ともダンスが不得意ならば、リリィが下手なのも人の目につかないですむだろう。

なんて思ったのは、最初だけ。

(慣れてないって嘘だわ！　嘘！　絶対に、嘘！)

ザリウスは、もともと身体を動かすのには慣れていたのだろう。国境の地では、戦になることも多いと聞く。

だが、ダンスは下手というのは絶対に嘘だ。

だって、こんなにも軽々とリリィをリードし、ターンさせ、時にはリリィを抱き上げてくる。思うがままにリリィを舞わせ、美しく見えるよう気を配る余裕までありそうだ。

「ひどいわ、嘘をついたのね！　私が下手なのがばれちゃう！」

うっかり気安い口調で、ザリウスをなじってしまった。まるで、森の中にいた頃のように。

そんなリリィを見て、彼は笑う。

「慣れてはいないと言っただろう？　練習以外で踊るのは、これが初めてと言ってもいい。初めて社交の場に出た時、従姉妹と踊ったきりだからな」

ザリウスはもう社交の場に出るようになっていたから、女性と踊る機会も当然あった。なのに、今までどうやって踊らずにすませてきたのだろう。

「リリィも言うほど下手ではない」

「そう？　それなら、いいけれど」

くるりとターンさせられ、その拍子に遠くにいるアデライーデがこちらを見ているのに気づく。彼女は身じろぎもせず、リリィを見つめていた。

（合格点をもらえればいいけれど……）

なにしろ、彼女はとても厳しいのだ。明日からはまた王妃教育が始まると思うと、ちょっぴり気が重くなる。

結局、そのあともザリウスはリリィを離さなかった。立て続けに五曲踊って、リリィは息を切らしている。

「大変だったけど……とても、楽しかったです」

「リリィが楽しかったならいいんだ。今日は、楽しんでもらいたかったからな」

さすがに少し休憩を挟みたい、と会場の隅に移動する。

リリィはすっかり息が上がってしまっているのに、ザリウスの方はまだまだ余裕があるようだ。こういう時、彼との体力の差を思い知らされてしまう。

「飲み物がいるな」

「……ありがとうございます」

通りがかった給仕から、冷たい水を受け取ったザリウスは、リリィにそれを手渡してくれる。果実を絞って香りづけしてある水は、火照った身体に心地よく広がっていった。

飲み物を手に、会場内に視線を巡らせる。どの人も楽しそうだ。

(……あの人)

すっと、リリィは立ち上がった。

「どうした?」

「イライザ様、気分が悪くなってしまったみたいです」

リリィの視線の先にいるのは、アデライーデの茶会で何度か顔を合わせた令嬢、イライザだった。

ソファにぐったりと倒れ込んでいる。彼女の周囲にいるのもまた、茶会で顔を合わせた令嬢達だ。

リリィのことを明らかに馬鹿にした目を向けてきた彼女ではあるが、具合が悪そうならば放置しておけない。

側にいる他の令嬢達もおろおろとしていて、近くの使用人を呼ぼうという意識も働かないようだ。

「どうかなさいました?」

「リリエッタ殿下、その……」

「少し、失礼しますね」

令嬢達がうろたえているのを横目に、リリィはソファに座っているイライザの前に膝をついた。

素早く、病状を確認していく。

熱は出ていない。胸に手を当て、せわしない呼吸を繰り返している。もともと体調がよくなかったところに、人混みで酔ってしまったというところだろうか。

「頭痛は？　気分はどうですか？」

重ねて問いかければ、頭痛も覚えているようだ。今夜は、これ以上この場にいない方がいいだろう。

「どなたか、こちらの令嬢をお連れしてくださいますか」

「すぐに手配します」

側にいた使用人に頼み、イライザを別室へと移動させる。それから、医師を呼びに行くのと同時に、リリィの部屋にある箱を持ってきてくれるように依頼した。

（本当は、ザリウス様に差し入れようと思っていたけれど）

使用人が部屋を出て行くのを待ってから、コルセットを緩め、ゆったりとしたソファに横たわらせる。

医師より先に、リリィの箱が届く。

中に入っているのは下処理を終えた薬草達。乾燥させたペパーミントの入っている瓶を取り出し、冷たい水のグラスにそれを浮かべてイライザに渡した。

「これは……?」

「ただのペパーミントを浮かべた水ですよ」

と、返したけれど、よく考えたら相手がリリィの差し出したものをすぐに受け取れないのも当然だった。だって、リリィとは友好的な仲とは言えない。

何かよからぬものを与えたと考えても仕方のないところ。

スプーンを取り、中身をすくってまず自分の口に運ぶ。毒が入っていないと示したつもりだったけれど、イライザに通じただろうか。

どうやらその願いはかなったようで、イライザはもそもそとグラスを口に運ぶ。

頭痛が走るのか、時々眉間に皺が寄るが、ペパーミントのすがすがしさが、いくぶんすっきりさせてくれたようだ。

「失礼して、診察させていただきますよ」

その直後駆けつけてきた医師は、イライザを手早く診察する。

睡眠不足が続いたところに、人混みに出て人に酔ったのだろう、と彼の見立てもリリィとたいして変わらなかった。

それと多分コルセットの締めすぎもある。

「……いつもと同じぐらいにしか締めていないのに」

とつぶやいたイライザは、どこか不満そうだ。夜会の場から立ち去りたくなかったのだろう。

「コルセットの締めすぎは、身体によくないですよ。あと、やはりお疲れだったのではないでしょうか」

女性達は少しでもスタイルよく見せようと、コルセットをぎりぎりと締め上げる。リリィも嗜みとして一応つけてはいるが、締めすぎないように侍女に頼んでいた。

もう少しいけると侍女は不満顔であったが、呼吸が浅くなるのもよろしくない。

「先生、配合はこちらでよろしいですか？」

医師の診断の結果を聞きながら、手持ちの薬草を確認する。診断結果に合わせて、薬草の組み合わせを提案した。

「問題ありません。この短時間で配合を提案できるとは、素晴らしい」

「指導してくれた師匠の腕がよかったのだと思います。では、こちらをご令嬢に」

眠りを呼ぶ効能と、疲労回復の効能があるもの、それと胃のあたりをすっきりさせる効能がある薬草を組み合わせる。

「数日、これを煎じて飲んでくださいな。弱火で十五分ほど、ことことと煮立てて」

医師に確認し、問題ないと判断してもらってから、迎えに来たイライザの家の使用人に薬草を渡した。少なくとも、リリィの知識が役に立ってよかった。

それを終えてから、ザリウスのもとへと戻る。

「ザリウス様、遅くなってごめんなさい」

「問題ない。たいしたことは、なかったのだろう?」

「でも、お待たせしてしまったから」

ザリウスは、さすがに令嬢が衣服を緩めている室内にいるわけにもいかないと、隣室でリリィが仕事を終えるのを待っていたらしい。

「夜会の会場に戻らなくてよかったんですか?」

「リリィがいないなら、俺が会場にいる意味もないからな」

今夜は、まだ正式な婚約にはいたっていないが、ザリウスが望む相手であるとリリィのお披露目の場でもあった。

「リリィの仕事ぶりを、久しぶりに見ることができてよかった。医師も誉めていたぞ。素晴らしい、と。俺もそう思う」

ザリウスの口から出る素直な誉め言葉。リリィは、喜びに頬を染めたのだった。

# 第七章　うごめく疑惑の予感

あの時、自分が今まで積んできた経験を惜しみもなく使ったことが、リリィにとってはいい方向に向かうきっかけとなったらしい。

アデライーデのリリィに対する姿勢に変化はなかったけれど、あれ以来、茶会に出てもリリィに対する令嬢達の風当たりは少し弱くなったように思える。

王宮で開かれる茶会だけではなく、彼女達が屋敷で開く茶会への招待状も届けられるようになった。ザリウスの許可が出たものだけ、出席予定だ。

そして、もうひとつ、ザリウスから思いがけない提案があった。

「メイルーンに王宮に来てもらうことにした」

「師匠が王宮に来るのですか?」

部屋で茶会のマナーを復習していたリリィのところに来た彼は、開口一番そう口にした。

手に持っていた教科書を置き、リリィは彼の方に向き直る。

「ああ。リリィを育てた薬師に学びたいと願う者が多くてな。メイルーンが薬師であるというのは、以前から知られていたが、以前は彼女から学ぶ機会がなかったらしい」

リリィの隣に座りながら、彼はそう続けた。

後宮にいた頃のメイルーンは、薬師であるより前に王の妾だった。

侍女などの身近にいる人の健康を守るために薬草茶を作るぐらいで、王宮薬師達も、彼女の腕については知らなかったらしい。

「あの時、リリィの対応が素晴らしかったと一部で評判になったんだ。それと、リリィが作っていた資料もあっただろう。それを読んだ者から、リリィの師匠に学びたいという声が上がったんだ」

と、言葉を続けるザリウスはどこか得意げだ。もしかしたら、率先してリリィの功績を口にしたのはザリウスなのかもしれない。

「私は、たいしたことはしていないのに……でも、師匠を認めてもらえたのなら嬉しいです」

メイルーンの資料を綺麗に清書したのはリリィだったけれど、王宮薬師のうち一人にそれを見せたら、他の薬師からも見せてほしいという話も出た。

メイルーンの知識が有効活用されるのはいいことだと思ったから、リリィも彼らが見たいと願えば、リリィが清書したものを貸し出してきた。

夜会でとっさに身体が動いたのも、メイルーンの教え。

「令嬢も、リリィに感謝していたぞ」

「ええ。お手紙をいただきました」

イライザからは、丁寧なお礼の手紙と、王都で有名な店の焼き菓子が贈られてきた。手紙は丁寧に箱にしまい、焼き菓子は侍女達とありがたく分けていただいた。

今度は、茶会に招待してくれるそうだ。マナーを復習していたのは、そのためである。

「それで、メイルーンに手紙を書いたんだ。王宮薬師達にメイルーンの知識を講義してほしい、と」

「でもせっかく、アルネイト様と暮らせるようになったばかりなのに」

「時間はたくさんあるらしいぞ。アルネイトも賛成してくれた」

どうやら、息子と一緒に暮らしている街では、メイルーンの仕事はほとんどないようだ。最初のうちはアルネイトの体調管理という役目もあったけれど、彼が仕事に慣れてからはその役目もほとんど必要なくなった。

ザリウスが言うには、若い薬師達を指導するのも悪くないと張りきっているのだとか。

そう聞けば、リリィも師匠との再会が楽しみになってくる。

(まだまだ、師匠から教わりたいこともあるし……)

メイルーンのために、工房の設備も見直しておこう。

それから、新しく薬草も仕入れて。これからのことを思うと、ワクワクとしてくる。

受け継いだ資料を、こちらに持ってきておいてよかった。

メイルーンがいる間に、彼女の話を聞きながら資料の解析を進めてしまおう。


メイルーンが到着したのは、リリィがザリウスから話を聞かされた二日後のことだった。

ザリウスの差し向けた馬車に乗ってやってきた彼女は、旅の疲れなどまったく見せなかった。

「――師匠！」

「元気そうだ」

「元気です、とっても！」

メイルーンも元気そうだ。

息子とは離れて暮らしていた期間も長かったようだから、久しぶりに一緒に暮らした幸せが、彼女を生き生きとさせているのかもしれない。

「後宮に今残っている妃は、アデライーデだけだって？」

「そうですね。他の方は実家に戻られたり……嫁がれたり。王宮で仕事を得た方もいます」

後宮で暮らしていた女性達は、それぞれの道を選んで後宮を去っていった。貴族出身以外の女性の中には、侍女やメイドとして残ることを選んだ人もいるそうだ。

今、後宮で開かれる茶会に出席する令嬢達は、後宮の住人ではない。出席する時だけ、自分の屋敷からこちらに来ている。王宮内のあちこちにある妃や妾の使っていた建物は、今後は病院や、役人達の官舎等、別の用途に使えるよう改築していくらしい。

「そうか、残っているのは彼女だけか」

メイルーンは、小さく息をついた。

「ご挨拶に行かれますか？」

「わざわざ行かなくていいよ。あちらも、私に会いたいとは思っていないだろうし……今回は、薬師として戻ってきたわけだからね。文の一通でも出しておけば十分だ」

メイルーンは、リリィが預かった離宮に滞在することになった。

薬師としてここに来たわけではあるが、以前は王の寵愛を受けていた女性だ。他の王宮薬師と同じ場所で寝泊まりするのも外聞が悪いというのがその理由だ。

離宮には、薬を調合するための調合室や、素材を保管するための倉庫などもリリィがザリウスに依頼して作ってもらった。

離宮の客人となったメイルーンは、薬師達の指導者として惜しみなく自分の知識を与え始めた。そして、若い薬師達からも新たな知識を貪欲に学んでいるようだ。

日々研究を重ねている王宮の薬師達は、メイルーンが後宮を去ったあと発見された効能などについても知っているから、メイルーンとしても刺激を受けているらしい。

リリィがザリウスから与えられた庭園も、メイルーンの手が入ることによってますます生き生きしている気がする。リリィが師匠の腕を超えられる日はまだまだ先のようだ。

ザリウスと愛を確認し、兄とも師匠とも再会できた。少し前までは、こんな幸福なんて、想像すらできなかった

何もかもが順調だと思っていたけれど、思いがけないところから平和は崩されるものらしい。

「リリエッタ殿下、大変です、薬草園と調合室が！」

今日は一人で朝食だからとのんびりしていたら、王宮の使用人がリリィの部屋に駆け込んできた。

慌てて、部屋を飛び出す。何があったのか、自分の目で確認しないと。

庭園を走り抜け、メイルーンと先日作ったばかりの薬草園へと向かう。

「信じられない！」

悲鳴じみた声が上がった。

大切に植えた種や苗。整備したばかりの薬草園は、すべての土が掘り返されている。踏みにじられたようなあともあった。

「なんで、こんな」

その光景を目の当たりにしたリリィは呆然とした。

メイルーンが新たな弟子とした薬師達も、ここで薬草の育て方を学ぶはずだった。誰がこんなひどいことをしたというのだろう。

「リリィ、あんたも来たのね」

先に到着していたメイルーンが、リリィを見て首を振る。

「師匠、これって……」

誰の仕業なのか、と口にしようとしたら、人差し指を口の前で立てたメイルーンは首を横に振った。今は語りたくないらしい。

それでも言葉を重ねようとすると、「あとで」と口の形だけで伝えてくる。それを見たリリィもまた唇を結んだ。

「これ、どうしましょう……」

「埋め戻せるものは埋め戻す。植物の生命力はすごいんだから。新たに植え直さないといけないものも多いだろうけどね」

せっかくだから、薬師達にも経験を積ませようと、手の空いている者がかき集められる。大勢の人の手により、数時間後にはある程度植え直すことができた。

手伝ってくれた薬師達に十分な礼をしてから、リリィとメイルーンも部屋へと戻る。メイルーンが日中過ごしている工房に入ると、彼女は人払いをした。

「犯人が面白くないと思っているのは、私とあんたどちらだろうね」

「……え?」

メイルーンの言葉に、リリィは首を傾げた。面白くないと思われているのは、リリィではないのだろうか。ザリウスとの関係は、十分嫉妬の対象になる。

（そう言われてみたら、師匠のことも面白くないと思う人がいても仕方ないのかも）

メイルーンは、田舎で暮らす平民の薬師だったが、たまたま前王の目に留まって後宮に入り、王の寵愛を得た。

そして後宮を去ったあとも、たまたまリリィを救ったことで、現国王の信頼を得ることになった。

長年勤めてきた王宮薬師の中に、運に恵まれた彼女のことを面白くないと思う人がいるかもしれない。今になって、戻ってきたことも含めて。

「……師匠の言う通りかも」

たしかに、リリィだけではなくメイルーンも妬みの対象者になりうる。けれど、なぜ、メイルーンはそんなことを言い出したのだろう。

「実は、こういうものを見つけてね」

疑問を覚えていたら、メイルーンは手のひらに何か載せて差し出した。そこにあるのは、小さなボタンだった。

薬草園で拾ったらしい。だが、なんの特徴もないボタンに見える。このボタンが、なんだというのだろうか。

「師匠、これは？」

「このボタンに使われている材木は、アデライーデの母国でよく使われているものなんだ」

よく見てみれば、なんの変哲もないボタンだが、木目が美しい縞模様になっている。材木を切り出した時に、使わなかった部分を利用しているらしい。

「アデライーデ様のお国が？　けれど……」

アデライーデに、薬草園を荒らす理由なんてあるだろうか。

リリィのことは気に入らないようだし、妃教育は厳しいが、そんなことをする必然性は思い当たらない。

「アデライーデは、私が気に入らないんだ。顔も見たくないだろうから、文にとどめておいたんだけど」

続く言葉に、今度はきょとんとしてしまった。

アデライーデがメイルーンに何かする理由なんてまだあっただろうか。

「すっかり忘れているみたいだけど、私もアデライーデも、前王の後宮にいた人間だよ」

「でも、師匠は」

「平民だから妃にはなれなかったけど、陛下は私の部屋に来る回数も多くてね。当時は、他の妃達にもずいぶん睨まれたっけ」

昔を思い出したメイルーンの表情が、苦笑へと変化した。

貴族の女性に多く見られるたおやかな美しさではないけれど、メイルーンには力強い生き生きとした魅力がある。

そう言えば、メイルーンのところに通う頻度は高かったと聞いたのも思い出した。ゆっくり休むためだったというが、彼がメイルーンの部屋で何をしていたのか、他の人達にはわからない。

「まだ、その頃の恨みが残っているって言うんですか？」

それならそれで、ずいぶん執念深い。それが顔に出てしまっていたようで、メイルーンは苦笑したまま首を横に振る。

「私を恨んでもしかたない。陛下が、私に興味を持っていたのは最初の頃だけだったのにね。あとは、私のところには寝に来るようなものだった」

メイルーンの配合した薬草茶は、睡眠不足気味だった彼をぐっすり眠らせるのに役立っていたようだ。

（そのあたりは、ザリウス様と似ているのね）

そう言えば、ヴィクラムも同じように睡眠不足気味だったのが、リリィの配合した薬草茶で和らいだと聞いている。親子だから、体質も似ているのかも。

なんて余計な方向に思考をめぐらせかけ、慌てて引き戻す。

「まあ、それが気に入らなかったんだろうね……私の追放には、アデライーデがかかわっていたと思っているんだ」

「それが、アデライーデ様がですか？」

「証拠はない。けれど、あの頃、同じような手段で追い出された者は、アデライーデに敵視されている者が多かった」

たしかに、メイルーンの言葉を裏付ける証拠はない。けれど、話だけ聞いていても、アデライーデには注意を払った方がいいのではないかという気がしてきた。

「用心します」

「そうした方がいい。私の考えが間違っていて、リリィを妃にしたくない者の仕業かもしれないしね。とにかく……これからどうしようか考えようか。まずは、被害状況を確認しないと」

薬草園も問題なのだが、それより大きいのは、離宮に用意した調合室や倉庫に保管していた薬草達だ。王宮薬師達の学習にも使っていたし、ザリウスへの薬草茶を用意するのにも使っていた。

王宮の調合室で使うものとは別に用意していたから、これらも新たに用意しなければならない。頭が痛くなってくる。

「手の空いている人は手伝って。保管庫の薬草が失われたのは痛いけれど、それはまた買えばいい。今回は、賊と鉢合わせする人がいなくてよかった。そう考えよう」

メイルーンの言葉に、王宮薬師達の間にもほっとする空気が流れた。

薬草は、王宮に薬草を納めている薬草農家に発注し、薬草園の薬草も植え直す。警備も考え直さなければいけないだろうけれど、そこまではまだ手を回すのは無理そうだ。

忙しくなりそうだと思っていたのに、ザリウスともどもアデライーデに呼び出されたのは、その日の午後のことだった。

「陛下、お呼び立てしてしまって申し訳ございません」

丁寧に腰を折り、二人を出迎えるアデライーデの様子からは、敵意なんてまったく感じられない。

「アデライーデ殿は、後宮をよくまとめてくれている。必要があるから俺を呼び出したのだろう」

「ええ、陛下。リリエッタ様もどうぞこちらに」

アデライーデの住まう宮は、先代国王が生きていた頃から変わっていない。

招かれたのは、以前リリィが通されたのとは別の部屋。向かい合ってソファに腰を下ろす。

茶色と葡萄色を基調に調えられた室内は、落ち着く雰囲気だった。長い間磨かれてきた彼女の美しいものを見抜く目が、この室内を作り上げている。

「この度のこと、私も心を痛めておりますの」

事前にメイルーンの話を聞いていても、こうして胸に手を当て痛ましいと言いたそうな表情を見せるアデライーデからは、悪意なんてまるで感じられなかった。

「リリエッタ様、庭園や薬草園が荒らされていたのですってね?」

「……ええ」

王宮薬師達とも話をしてきたけれど、薬草園を再建するには少々時間がかかってしまいそうだ。メイルーンが薬師達に行っている講義も、しばらく止まってしまうことになる。

「そのことなのですが、薬草園の再建や薬草の調達はヴィクラムに監督させてみてはどうでしょう？　陛下の即位に伴う仕事もほぼ終わっておりますし……」

「それは、ありがたいが……いいのか？」

「メイルーンが王宮薬師達の指導に当たっているのでしょう？　彼女も忙しいでしょうし、リリエッタ様も王妃教育がありますから」

そう付け足すアデライーデの表情に嘘はなさそうに見えた。リリィのことを気に入らないのは知っているし、メイルーンから疑惑の話も聞いているのに。

「リリエッタ様は、どうお思いになって？」

「そう、ですね。薬草の調達はなんとかなると思うのですが、今後の警備をどうしようかと考えていて」

王宮の奥にある建物なのに、荒らされた。

もしかすると、王宮内部に精通している者の仕業なのかもしれない。だが、その点についても推測にしか過ぎない。

メイルーンのアデライーデに対する懸念も気になるから、うかつにアデライーデに近づかない方がいい気もする。

「では、やはりヴィクラムに対応させましょう」

困ってしまって、ザリウスの方に助けを求めるように視線を投げかける。ザリウスは思案の表情になった。

「リリィも忙しいからな。ヴィクラムが引き受けてくれるのなら、俺としては助かる」

ザリウスがそう判断したのなら、リリィがこれ以上何か言う必要もない。

正直なところ、薬草園の再建の監督や警備体制の見直しまでリリィが担当するとなると、大変になるのはわかっていたのだ。ヴィクラムが引き受けてくれるというのなら、お願いしてしまおう。

ヴィクラムがリリィのところを訪れたのは、それから数日後のことだった。手には、大きな紙を丸めたものを持っている。

「リリエッタ王女、警備体制を見直そうと思う。こちらを見てもらえるか」

「……まあ」

テーブルに広げられた紙を見て驚く。離宮の周囲にぐるりと石壁を作り、完全に囲ってしまうつもりのようだ。

「囲ってしまうのですか？」

「このあたりから、このあたりまで囲うことになるが、閉塞感はないと思う」

石壁で囲まれることにはなっているけれど、離宮からは目立たない位置に作るようだ。たしかに、閉塞感に悩まされることはなさそうだ。

「それから、夜は犬を放す」

「犬、ですか？」

「侵入者がいれば、犬ならすぐに気づく」

そこまでしてくれるなんてと驚いてしまった。

リリィの前で、なおもヴィクラムは説明を続ける。苗や種子はもう手配がすんでいて、届き次第植えること。

生き残った薬草達は、きちんと根付いたものが大半であること。

警備体制も見直し、兵士の巡回コースを変更したそうだ。当面の間は、巡回の回数も増やしてくれるという。

「ありがとうございます。ここまでしてくださるなんて」

「陛下のためでもあるので」

そう微笑むヴィクラムには、暗いところなんてまったく感じられなかった。リリィも、その微笑みに安心してしまう。

きっと、後ろ暗いところがあるのは、アデライーデだけなのだ。ヴィクラムは、ザリウスと協力していくつもりでいてくれる。

「リリエッタ王女、何か問題でも?」

「いいえ、なんでも」

ザリウスに話をすべきだろうか。でも、彼に余計な心配はさせたくないし。

「ところで、近頃あの茶は作っていないのか?」

「あのお茶……ああ、森で作っていたお茶ですね?」

不眠に悩まされているというザリウスのためにリリィが配合した薬草茶である。

「あの茶を、ザリウスに渡してはもらえないだろうか」

「それは、かまいませんけれど……」

たしかに、リリィの用意した薬草茶をザリウスは気に入ってくれている。

最初のうちはメイルーンに教わった通りに配合していたのだが、ザリウスの体質に合わせて、少しずつ割合を変えた。

今は、ザリウス専用のレシピとなっており、その配合ができるのは今のところリリィだけ。

「王宮薬師の方にも、あとでレシピを教えておきますね。私が用意できないこともあるかもしれないし」

リリィが配合できるのなら一番いいけれど、リリィだけでは手が回らないこともあるだろう。必要な時に入手できないのでは意味がない。

「そうしてもらえるとありがたい」

「ええ、もちろん。今夜にでもお渡ししておきますね」

ザリウスの薬草茶に使っているのは特に珍しい薬草でもないから、新たに調達した薬草で問題ない。

配合を終えた薬草茶を瓶に詰める。使い方はザリウスに教えてあるが、用意する時の注意事項を書いた紙も添えた。

（……そうだ、ケーキを焼こう）

時々焼いていたのは、基本の材料を同じ分量入れたパウンドケーキだ。そこに砕いた木の実を入れてざくざくとした食感を加えたものがザリウスは好きだった。

疲れている時に甘いものを食べるとほっとするし、木の実は身体にいい。政務の合間、お茶の時間ぐらいは心を休ませてもいいのではないか。

茶の用意をして、ザリウスの執務室に向かう。侍女がワゴンを押してくれるというのを断って、自分で運んだ。

「ザリウス様、少しお休みしませんか？」

先ほど薬草園で顔を合わせたヴィクラムが、書類を手にザリウスの前に立っている。何か、報告していたらしい。

入っていったリリィを見て、頭を下げる。ちょうどザリウスへの報告も終わったのか、「後ほど」と言い残して去っていった。

「忙しそうですね」

「まあな。いろいろと。次から次へと仕事は湧いてくるものだな」

ザリウスが視線を落とした先にあるのは、高く積み上げられた書類の山。これを全部片づけねばならないのだとしたら、たしかに相当忙しい。

「でも、休憩はしないと。焼きたてのケーキ、いかがですか？」

差し出したのは、厨房の隅を借りて、大急ぎで焼いたケーキ。

一晩寝かせて落ち着いた頃食べるのが美味しいとされているけれど、焼きたては香りがいい。焼きたてふわふわを食べられるのは、リリィが焼いたからこその特権だ。

「焼きたてか」

「昼食後、ずっとここにいるのでしょう？　根を詰めすぎたら、頭だって働かなくなると思うんです」

リリィの言葉に素直にうなずいたザリウスは、向かっていた机から立ち上がった。執務室の隅に置かれているテーブルに、リリィは素早く用意を調える。

合わせるのが素朴な焼き菓子だから、茶葉もあえて香りの少ないものを選んだ。茶器の横に置かれたガラス瓶に、ザリウスの目が向く。

「これはどうした」

「最近、よく眠れていないみたいだからって、ヴィクラム様が。必要なかったですか？」

もしかして、余計なことをしてしまっただろうか。

けれど、眠りが浅いのであればしっかり休んだ方がいい。少なくとも、メイルーンから教わった薬草茶は、身体に害をなすようなものでもないし。

「そろそろ頼もうとは思っていたけどな」

ありがたそうに瓶を手にしたザリウスだったけれど、同時に小さなため息もつく。

やはり、余計なことだっただろうか。

「言ってくだされば、いくらでも用意しますよ」

「リリィに弱みを見せるのは、気が進まなかった」

「そんなこと言わないでくださいな……レシピを王宮薬師にお渡ししました。私に言いにくいようなら、そちらにお願いされても大丈夫です」

「悪いな」

「いえいえ。それより、早くいただきましょう」

茶葉もそろそろいい具合だ。二つのカップに注ぎ分ける。

そう言えば、このところザリウスもリリィも忙しくしていたから、こうして午後のお茶の時間を一緒に過ごすのは久しぶりだった。

執務室にあるソファに並んで腰を下ろす。

「薬草園、石壁で囲うことになりました。先ほど、様子を見に行ったらヴィクラム様が教えてくれたんです」

「監視の目が行き届かないのでは困るからな」

「そうですね」

ザリウスも手を打ってくれているし、もう問題はないだろうか。何も起こらないと思いたい。

ケーキの皿にザリウスが手を伸ばす。ザリウスが二切れ、リリィが一切れ。それは、あの頃と変わらない。

「リリィはいいのか?」

「そんなに食べたら太ってしまいますから」

「リリィはもう少し太ってもいいぐらいだ」

森で暮らしていた頃は、砂糖を使ったケーキはたまの贅沢品だった。労働力を提供してくれたザリウスには二切れあげても、リリィは一切れで十分。

「……美味いな」

素朴なケーキなのに、彼は喜んでくれる。それから、ひと口大きく切り取ると、リリィの方に差し出してきた。

「リリィはもう少し太ってもいいぐらいだろう。ほら、食べてみろ」

「食べてみろって……」

「美味いから」

美味いからって、それを焼いたのはリリィなのに。けれど、ザリウスはリリィの目の前でフォークを揺らす。早く口を開けろとせかしているみたいに。

「ほら、口を開けて」

「……うん」

もう一度うながされて、小さく口を開ける。そこにザリウスはケーキを入れてきた。

「……おいしい」

焼いたのはリリィだから、たいした腕ではない。けれど、今までで一番上出来だ。

王宮の厨房にある材料で作ったものだから、森で焼いたケーキと素材からしてまるで違う。美味しく思えるのは、素材の力も大きいのだろう。

バターも卵も砂糖も最上級もの。材料が変わるだけで、こんなにも味が変わるのかと驚いた。

「ものすごく腕が上がった気がするんです。素材がいいだけなのに」

「リリィが作ってくれるものは、なんでも美味い」

そうやって、簡単に誉めてはいけないと思う。

もうひと口、ザリウスがリリィにケーキを差し出す。迷ったけれど、それもおとなしく口に入れた。

ふわふわで甘い生地。バターの香りと卵の甘味。そこに、木の実のざっくりとした食感と香りが重なる。優しい味の茶とも合う。

「薬草茶の配合までやってもらってすまないな」

「……そんなこと」

リリィは首を横に振る。リリィにできるのは、このぐらいだ。

王族としての教育はまだ全然足りていない。

「初めてリリィに会った時思ったんだ。リリィとはきっと長い付き合いになるって」

「そうでした?」

なんとなく、ザリウスに体重を預けてみる。こうやって、彼の体温と触れ合うのは、いつだってリリィを満たしてくれる。

「リリィはどうだった?」

どうだっただろうか。

ザリウスが会いたかったのはメイルーンだし、きっともう会うことはないだろう、と思っていた。でも、これは今ザリウスに言わなくてもいいだろう。

「さあ、どうでしょう」

くすくすと笑って、リリィはザリウスの身体に腕を回した。

「俺のことなんて、気にしていなかっただろう?」

「気にしていたと思います。だけど、あの頃は……誰かのことを気にしてはいけないと思っていたから」

彼と初めて顔を合わせた瞬間、目を離すことができなかった。

リリィの目にザリウスが魅力的に映っていたからこそ、踏み込めなかった。踏み込んでしまったら、戻れなくなるような予感がして。

そして、その予感は正しかった。

「リリィが用意してくれる茶は、本当にうまいな」

「よかった。最近、少し疲れているみたいだったから……」

ザリウスは目を細め、リリィから、身を乗り出して彼の頬にキスをする。彼は嬉しそうに微笑んだあと、お返しとばかりにリリィの唇を奪った。

「んっ」

鼻先から甘ったるい吐息が漏れた。彼の手が優しくリリィの髪を撫でる。それだけで幸せな気分になった。

(ずっと、こうしていられたらいいのに)

時々、不安になる。彼との時間は幸せだけれど、この幸せがどこかで崩れてしまうような不安を覚えずにはいられない。

だが、彼はリリィの不安を鋭く感じ取ったらしい。軽く唇を合わせるだけで終わったはずなのに、再びキスをしかけてくる。

唇の合わせ目を舌が這う。迷わずリリィは唇を開いた。迷うことなく、ザリウスの舌は、リリィの口内へと侵入してくる。

濡れた音がして、恥ずかしさに頬が赤くなる。そんなリリィの反応を楽しむように、ザリウスはさらに深く口づけてきた。

肉厚の舌が、リリィの舌を搦め取る。

「……んぅ……ぁ……」

呼吸が苦しいほど長い時間、口の中を蹂躙される。ようやく解放されると、身体中から力が抜けてしまった。

無言のまま恨みがましく見上げると、ザリウスはにやりとした。わかってやっている。そういう顔だ。

「リリィが可愛すぎるのが悪い」

そんなことを言われてしまったら、どうしようもなく胸の奥が甘く疼いた。

愛しいという気持ちが溢れて止まらない。もっと触れたい。抱きしめてほしい。

それだけではない。身体の奥の方から、もっと別の欲望が込み上げてくる。

それを認めたくなくて、そっと身体を離そうとすると、逆にザリウスはリリィを引き寄せた。

身体を強張らせるが、しっかり抱えられていて逃げられない。

大きな手がゆっくりと腰のあたりを撫でている。その動きに合わせて、ぞくりとした感覚が背筋を這い上がってきた。

腰を撫でた手が、脇腹から胸の方へと移動してくる。迷うことなく大きな手で乳房を包み込まれ、そのままあやすように揺らされる。

それだけでもじわじわと腰のあたりに甘ったるいものが漂い始めるのに、さらに服の中へと手を差し入れて直接触れられると、甘い痺れが全身を走り抜けた。

「あ……やめ……っ！」

思わず制止の声を上げるが、彼は聞いてくれない。むしろ面白がるように胸元へ顔を埋めた。むき出しの肌を舌が這う。

「リリィの肌は本当に綺麗だな……。吸い付くようだ」

うっとりしたような声で囁かれると、耳まで犯されているような気分になる。

ザリウスの手は自由奔放に乳房の上を這いまわり、与えられる刺激が変わる度にリリィは背筋をそらす。

「ふぁ……」

背中に並んだボタンに、いつの間にか彼の手が伸びているのにも気づいていなかった。一つ、ボタンを外され、背中の肌を指が滑る。

羞恥に顔を染めるが、抵抗するだけの力は残っていない。ただひたすら、ザリウスの腕の中で身悶えるしかなかった。

「リリィは、本当に可愛い」

陶然と呟いて、ザリウスは首筋に口づけを落とす。

「んっ」

強く吸い上げられ、ちりりとした痛みを感じた。きっと痕が残っただろう。だが、それを咎める余裕はない。

「あ……っ」

ザリウスの唇が首筋から胸元へと下りていく。同時に、彼の手はリリィのスカートをたくし上げていた。

下着の上から秘部に触れられる。すでにそこはしっとりと濡れそぼっていた。

嬉しそうにザリウスは口角を上げると、さらに指を動かす速度を速める。ぐちゅぐちゅと卑猥な水音が、室内に響き渡った。

「あ……やぁっ」

下着越しに敏感な芽をかすめられ、リリィの背がしなる。

「嫌じゃないだろう？　こんなに感じているくせに」

ザリウスはリリィの耳元で囁きながら、さらに強い刺激を与えてくる。

同時に、反対の手で乳房を大きな手全体で包み込んできた。全体を揉込むようにしながら、手のひらで胸の頂が押しつぶされ、同時に送り込まれる快感に抗えない。

「んっ……あぁ……」

強い快楽に、あっという間に喘ぐことしかできなくなった。それでも必死に理性を保とうと頭を振るが、それも無駄な抵抗。

指の腹で、敏感な芽が震わされると、身体が大きく跳ねた。その拍子に、ずるりとソファの上で体勢が崩れてしまう。

ザリウスはそのままソファの上にリリィを押し倒し、覆いかぶさってくる。はっとした時には、彼の肩越しに天井を見上げていた。

すぐそこにザリウスの顔があって、その目に浮かぶのは欲望。

剝き出しの欲望を向けられ、恥ずかしさに顔を赤らめる。

「……待って」

「待たない」

いつの間にか下着は取り去られ、直接秘所に触れられていた。

一息に、長い指が入り込んでくる。最初はゆっくりと、やがて大胆に動き始めたそれに翻弄され、リリィは何も考えられなくなっていく。

「だめぇ！」

内側のある一点をかすめた時、リリィは声を上げた。

今日までの間に知られてしまった。そこは、一番弱いところ。そこを集中的に責められたら、もう我慢なんてできない。

しかし、ザリウスはリリィの反応を楽しむかのように、一度擦り上げたあとは、その場所には触れてこない。

じらすように指が引き抜かれ、花弁だけをなぞられる。もどかしさに腰がくねる。だが、それをわかっているであろうザリウスは、あえて触れてくれなかった。

それどころか、さらに意地悪く、焦らすように浅いところばかりかき回してくる。

もどかしくて、腰が浮き上がりそうになる。もっと奥まで入れてほしい。そう思うけれど、そんなこと口に出せなかった。

それはあまりにも淫らな行為で、漏れてしまいそうな願いを必死に抑える。その理性さえ、ザリウスによって溶かされていく。

彼が耳元に顔を寄せてきて、熱い吐息が耳に吹きかかる。それにも反応して、身体の芯がきゅんと疼いた。

「どうして欲しい？」

「そ、それは……」

答えられなかった。恥ずかしい。でも、身体の奥底では求めている。浅ましい欲望に、目に涙がにじむ。

「リリィ？」

優しく囁かれ、耳朶を甘噛みされた。たったそれだけのことなのに、リリィの口からは嬌声が上がる。

「言わないとわからない。どうしてほしいんだ？」

「や、やめ……」

くちゅり、と音がした。指が動く度に、ぬかるんだそこは水音を立てる。恥ずかしくて仕方がない。だけど、それ以上に快楽を求めていた。

「お願い、もう許して……」

「何を？」

わかって聞いている意地の悪い表情。言葉でリリィを煽ろうとしているのがわかってしまう。そして、リリィの欲望は、彼の期待通りに煽られた。

「指、じゃなくて……」

「何が欲しいのか、ちゃんと言え」

低く艶のある声で命じられれば、逆らうことはできない。口から零れるのは、素直な言葉。

「あ、あなたが欲しい……！」

「よく言えた」

頭を撫でられたかと思えば、身体を持ち上げ裏返しにされた。ソファの背もたれに上半身を預ける形になる。

ずぷりと突き入れられた瞬間、目の前が真っ白になる。

あまりの質量に息ができない。なのに、ザリウスは容赦がなかった。

「あっ、あぁぁんっ！」

容赦ない律動が始まり、きゅうっと膣内が収縮する。ザリウスが低くうめいた。その声すら快感に変わる。零れる吐息が、それを彼に伝えてしまっている。

「リリィも気持ちよくなってくれているんだな。こんなにも俺を締め付けて放さない」

「だ、だって……！　んっ、気持ちいぃ……！」

ザリウスの動きが激しくなる。口から上がるのは、自分の耳を塞ぎたくなるほど淫らな声。

「やっ、だめぇっ！　イっちゃう……！」

肉体の内側から押し寄せる快感は、理性を保つのが難しい。

もっと激しくしてほしいと思ってしまう。

ザリウスが腰を揺らすと、一際高い声で鳴く。そんな自分を抑えられない。

「ん、あっ、もっと……奥……！」

「素直になったな」

その言葉と同時に動きがますます激しくなる。腰の奥から、身体全体を焼き尽くしてしまうような快感が広がってくる。

最奥まで一気に突き入れられ、そのまま奥をぐりぐりと抉られる。身体がぶつかり合う度に甘い声が上がった。

「あぁ、私だけじゃ嫌……っ」

自分ばかり翻弄されるのは嫌だった。彼にも感じてほしかった。

「一緒……一緒に……」

「ああ、一緒にイこう」

どくん、と彼自身が脈打つのがリリィにもわかった。

熱いものでお腹の奥が満たされていく感覚。心の奥まで染み入ってくるような熱。それが愛おしくてならなかった。

彼が達したのがわかって、ふわりとした幸福感に包まれる。

愛している、彼を。改めて強く実感する。

彼に出会えて、幸せだ。この幸せが、いつまでも続けばいいのに。

# 第八章　忘れ去られた花嫁の真に幸福な生活の始まり

一度国に戻ったエドミールが、再度オロヴェスタ王国を訪れたのは薬草園が破壊されてからひと月が過ぎた後のことだった。

新たに植えられた薬草達もなんとか根付き、離宮の周囲に囲いも作られた。これで一安心だ。今のところ、問題は起きていない。

「リリィ、会いたかったあぁぁぁぁ！」

再会するなりいきなり兄に抱きつかれ、リリィは目を瞬かせた。

「もう嫌なんだけどさ、嫌なんだけど……父上と母上は、求婚を認めるって。よし、だから帰ろうか」

「……お兄様」

戻ってきたのはいいのだが、エドミールの言っていることはちぐはぐである。両親が結婚を認めたのに、国に帰らねばならないのか。

とはいえ、もう一度故郷は見たい。

「一度帰りたいとは思っているけれど」

「ね？　父上と母上と僕とさ、お嫁入りする前に家族の時間をもう一度過ごすのはどう？　四人で！　水入らずで！」

「それもいい……とは思うけれど」

何しろ、両親とは四年もの間会っていない。気持ちが固まるまでこの国に残ろうと思っていたけれど、もう気持ちは完全に固まった。

リリィのいるべき場所は、ここ、ザリウスの隣だ。ならば、両親に会いに帰ってもいいだろうか。

兄を落ち着かせて、応接間に案内すると、そこにザリウスも合流した。エドミールが来ると知らされていなかったようで、少しばかり驚いた表情になる。

「エドミール、来ていたのか」

「……悪いね、先にこちらに来てしまって」

「いいさ」

いつの間にザリウスとエドミールは、こんなにも気安い口調で話す仲になったのだろう。リリィの隣に腰かけたザリウスは、さりげなくリリィの手に自分の手を重ねてくる。

それを見たエドミールはしかめっ面になったけれど、口を開こうとはしなかった。

（一応、認めてくださってはいるのかしら）

ザリウスとリリィの仲を、兄も認めてくれたらしい。ザリウスとリリィが手を取り合っているのを見ても、何も言おうとはしなかったから。

「それより、話をしないといけないことがある」

真面目な表情を取り戻したエドミールが居住まいをただす。それを見たザリウスは、リリィの手を放してから同じように座り直す。

「これ、使えるか？」

エドミールがザリウスの前までテーブルの上を滑らせたのは、ぼろぼろになった手紙だった。ザリウスは、それを手に取ると中に素早く目を走らせた。

「これ、どうやって手に入れた？」

「それは、内緒。まあ、君からの情報があってのことだと思ってくれ」

唇の前で、指を一本立てて笑う。ザリウスはリリィの方にも手紙を滑らせてきたので、遠慮なく見せてもらうことにした。

「……嘘」

それは、アデライーデが盗賊に見せかけてリリィを殺害するよう依頼した手紙だった。

正確には、アデライーデの手紙ではない。アデライーデに依頼された者が、指示を出すのに使った手紙だ。

「アデライーデ様が？　なぜ？」

エドミールは、ソファの背もたれに勢いよく背中を預けた。

たしかに信頼していい相手とは思っていなかったが、四年前、リリィの殺害を依頼したのが彼女だったとは今まで思ってもいなかった。

「後宮の女性を増やしたくなかったんだろうな」

「……後宮の女性？」

「父は後宮制度を復活させただけじゃない。晩年は、特に若い女性を好んで後宮に入れるようになったんだ。どちらかと言えば、人質としての意味合いが大きかったようではあるが」

リリィの他にも、十代前半の女性が後宮に招かれた例は多数あった。だが、後宮入りしても、彼女達が先代国王と夜を共にした例というのはないそうだ。

そのあたりは、ザリウスの母だった正妃が手を回していたらしい。先代国王には、若い女性を自分好みに育てたいという育成願望もあったのを上手にコントロールしていたのだとか。

ザリウスの表情に疲れの色があるのは、リリィの気のせいではないだろう。当時のザリウスにできたことはそう多くもないだろうけれど。

「だからと言って……」

後宮に入る女性を、殺そうとするなんてどうかしている。そんなにも先代国王の寵愛が欲しかったのだろうか。それとも、彼女が望んだのは権力か。

「それだけじゃない。彼女は、ヴィクラムを王位につけようと動いている」

「——そうだろうな」

続くエドミールの発言にリリィは驚きのあまりのけぞったけれど、ザリウスは驚いた様子も見せなかった。予想はしていたと言わんばかりの声音で静かにつぶやく。

「ザリウス様は、知っていたの？」

「彼女が野心家であることは知っていた。だが、彼女が置かれていた状況を思えば、そうなっても当然だろう」

頼れるのは自分だけ。王の寵愛を失えば、後宮内でどんな扱いを受けても文句は言えない。

そんな中、最初に王子を産んだのはアデライーデ。

だが結局、正妃の息子であるザリウスが王位を継いだ。面白くないに違いない。

（だけど、殺そうとしてまで、王位を奪おうとするなんて）

リリィには、権力に対する野心はない。だから、アデライーデがそこまでするというのが理解できなかった。

それに、破壊された薬草園の再建にヴィクラムを協力させたのも納得できない。ヴィクラムが王となった時、疑問を持たれないようにするためだろうか。

「……感謝する。そろそろ、俺も動くべきなのかもしれないな」

アデライーデとはともかく、ヴィクラムとは仲がよさそうに見えていたのに。ヴィクラムは、アデライーデの行動を知っているのだろうか。

そう考えるリリィにはかまわず、エドミールはザリウスに自分の要求を突き付けていた。

「僕の妹と結婚したいのなら、まずは安心して妹を送り出せるようにしてくれ」

「もちろん」

ザリウスとエドミールが視線をかわす。

そこにはリリィの知らない何かが含まれているようだ。

「そうだ、リリィ。薬草茶の追加を頼めるか」

今気づいたというように、ザリウスがリリィに頼んでくる。話題を変えた、とリリィは悟った。二人の間に何があるのか、彼らはリリィに教えてくれるつもりはなさそうだ。

「わかりました。あとで、どの効能が必要か確認させてください」

ザリウスの頼みなら、いつだって喜んで引き受ける。話を終えたら、すぐに調合室に行こう。


メイルーンとリリィが一緒に使っている調合室。

そこでリリィは、薬草を量って瓶に詰めていた。メイルーンは、王宮薬師達への講義をしているために、ここにはいない。

ザリウスの体調に合わせて、薬草茶の配合を変えるのはいつものこと。

寝付きは多少悪いみたいだけれど、浅くて困るということはないらしい。それよりは、疲労回復の効能を高めておこうか。

（……これでよし、と）

紙を一枚取って、何を組み合わせたのか書き記す。瓶と一緒に届ければ、同じものが欲しい時には王宮薬師に渡してもらえるはずだ。

瓶を持ち、ザリウスの執務室を訪れる。

「疲れが溜まっているみたいだから、疲労回復の効能を強めにしておきました。眠りの質は悪くないみたいだし」

「眠りの質がいいのは、リリィの薬草茶のおかげだな。いつも、ありがとう。感謝している」

「私が好きでやっているだけですよ」

メイルーンに出会わなかったら、自分が薬師に向いているとは考えてもいなかった。

メイルーンの教えを受けて、彼女の腕にはまだまだ及ばないけれど、こうして大切な人を癒すぐらいのことはできる。

ザリウスの執務室は、いつものようにたくさんの書類が積み上げられていた。

「リリィに言っておかなければならないことがある」

「どうしたの？　急に怖い顔をして」

怖い顔ではなく、真剣な顔という方が正解だろうか。ザリウスの目に真っすぐ見つめられると、落ち着かない気持ちになる。

けれど、今日のドキドキは、いつもとは違う気がした。ザリウスの表情から伝わってくるのは、かすかな不安。

「何があっても、俺を信じてくれ」

「……それは、もちろん」

そんなの、今さら念を押されるほどのことでもない。ザリウスと共に生きると決めているののだから。

「何をするつもりなんですか?」

あえて今念押しをするなんて、何かあるとしか思えない。リリィの不安が伝わったのか、ザリウスはなだめるような笑みを浮かべた。

「大丈夫だ、危険なことはしない」

「……本当に?」

ザリウスを王位から退けようとする一派の動きは、まだ相手の尾を摑めていない。だからこそ、彼も疲労が溜まるほど働いているのだろうけれど。

「大丈夫だ、リリィ。俺は、問題ない」

そっと彼の唇が額に寄せられる。なんだかなだめられたように感じたのは、リリィの気のせいではないだろう。

信じられない知らせがリリィのところに届けられたのは、それから三日後のことだった。

「ザリウス様が、倒れた？」

その知らせを持ってきたヴィクラムは、厳しい顔をしていた。ここ数日、ザリウスとは顔を合わせていない。

忙しいというのは聞いていたから、リリィも彼に手紙を届けてもらうだけにしていた。リリィの方から会いたいとは口にしていない。

「やっぱり、忙しすぎたんじゃ……」

できる限り休んでほしいと、その時の彼の体調に合わせて薬草茶を用意してきた。

だが、薬草茶はあくまでも補助的に使うものであって、体調不良を簡単に治す魔法の薬ではない。このところ、無理が続いたのではないだろうか。

「違う、ザリウスは毒を盛られたんだ」

ヴィクラムの言葉に、リリィは青ざめた。

以前にも、彼は毒を盛られたことがあったではないか。

王宮に来てからも、毒見役をつけて警戒しているとは言っていたけれど、いつか同じことが起こるのではないかと心のどこかでは思っていた。

「だって、どうして……」

それ以上、言葉にならない。両手で口を覆ってしまう。

だが、そんなリリィにヴィクラムは冷たい目を向けただけだった。

「驚いたふりをしても無駄だ。毒は、君が用意した薬草茶に入っていたんだぞ。ポットじゃない。茶葉の瓶に入っていたんだ」

「嘘よ！」

そんなのは、絶対にありえない。リリィは叫んだけれど、ヴィクラムはリリィの言葉には耳も貸さなかった。

呆然とするリリィを尻目に、部屋の外に向かって声を上げる。

「捕らえろ！」

ヴィクラムの命令に、二人の兵士が駆け込んでくる。

「待って！　私、そんなことはしていないわ！」

抵抗するが、リリィが暴れたところで、屈強な兵士達にとっては痛くも痒《かゆ》くもない。あっという間に縛り上げられ、そのまま牢に閉じ込められてしまった。

「お願い！　話を聞いて！」

懸命に扉を叩いて訴えかけるけれど、誰も聞く耳を持ってくれない。床にずるずると崩れ落ちたら、室内はしん、と静まり返った。

もたれかかった石造りの壁はひんやりとしていた。床からも冷気が上ってくる。

窓は、はるか上の方に小さな明かり取りがひとつ開いているだけ。

部屋の隅には、簡素なベッドがあった。今まで、何人がここに捕らえられたのだろう。

(……なんで、こんなことに……)

ザリウスに毒なんて盛っていない。きっと、すぐに真実は明らかになる。

けれど、ザリウスがもし命を落としたなら。

手足が一気に冷たくなった気がした。

無実が証明されたとしても、彼がいなくなってしまったら、どうやって生きていけばいいのだろう。

(……私はどうすればよかったの?)

胸元にそっと手を重ねる。そこには、ザリウスに森でもらった黒い石を嵌め込んだ指輪がある。王宮で暮らしている間も、ネックレスにして肌身離さず持っているのだ。

背中に触れる石壁はごつごつとしていた。寄りかかったザリウスの体温を思い出す。彼の身体は温かくて、優しくいつだってリリィを包み込んでくれた。

膝の間に顔を埋めたまま、ただ、時間が過ぎていく。いつの間にか、室内が暗くなっていたのにもまったく気づいていなかった。

やがて、食事が運ばれてくる。運んできた侍女は、リリィには一言も言わずに立ち去っていった。

それを見てようやく気づく。

（お兄様は……無事かしら。師匠は、大丈夫なの？）

もし、リリィが暗殺の犯人だと思われているのなら、関係者であるエドミールとメイルーンも無事ではない気がする。

――だけど。

（ザリウス様は……なんと言っていた……？）

『何があっても、俺を信じてくれ』

リリィには伝えられていないけれど、おそらく、何か大きなことが起こっている。

トレイに載っているのは、硬そうなパンとスープだけ。

森で暮らしていた頃は、こんな食事になるのもしょっちゅうだった。

（そうね、しっかり食べておかないと）

スープはほぼ汁で、くたくたになった何かの葉と原形をとどめていない玉ねぎらしきものが少々入っているだけ。美味しくはないが、腹は満たせるだろう。

硬くなったパンをスープに浸し、柔らかくしてから口に運んだ。ザリウスの言葉を、頭の中で繰り返しながら。

日に二度、食事を運んでくる侍女に辛抱強く問いを重ね、リリィは外の状況を探ろうとした。

リリィはザリウスの暗殺未遂で捕らえられ、エドミールも別の場所に捕らえられているらしい。

ザリウスは現在王宮薬師達の必死の治療を受けているところだそうだ。

「……ザリウス様の容体は？」

「わかりません」

何度も、同じ質問を投げ、同じ返事が返ってくる。

そして三日後。

今までとは違う侍女が、食事を運んできた。同じ問いを投げかけようとしたら、唇の前に指を立てられた。

無言のまま彼女は器の載ったトレイをリリィの側に置き、一礼して下がろうとする。

「すぐに助ける。体力だけは落とさないように、とメイルーン様が」

「……え？」

聞き返そうとした時には、彼女はもう牢を出ていた。

疑問を覚えながらも、いつものようにパンを浸し、口に運べば、浮かんでいる具よりもはるかに様々な野菜が使われているのがわかった。

きっと、メイルーンの気遣いなのだろう。そんな気がする。

そして、さらに二日が過ぎた。

（今日は、どうして来ないのかしら）

とっくの昔に朝食の時間は過ぎている。

高い位置にある窓からかろうじて確認できる範囲では、太陽はもう空高い位置まで移動している。体感でも、もう昼食の時間に差しかかっている気がした。

食欲なんてないけれど、食べなければ体力を保てない。それに、水差しの水もそろそろなくなってしまいそうだ。

「リリエッタ・ドゥシャリエ。出ろ」

リリィを飢え死にさせようとしているのかと不安に思っていたら、不意に扉が開かれる。そこに立っていたのはヴィクラムだった。

護衛らしい騎士もおらず、ヴィクラムひとり。

（……何があったの）

疑問に思ったけれど、ついていかないという選択肢はなかった。

何日も室内に閉じ込められていたからか、ヴィクラムについて歩くのがやっとだった。体力は落とさないようにという伝言を受けていたのに。

彼がリリィを連れて行ったのは、今まで見たことのない場所だった。

王宮の一画ではあるのだろうが、王宮は広い。リリィが行ったことのない場所もたくさんある。品のよい家具で調《ととの》えられた部屋。牢から一気にこんな場所まで連れてこられて、その落差に頭が混乱した。

何を考えているのかヴィクラムに問いただせないまま、彼はてきぱきと動く。リリィを侍女に渡すと、彼は花模様の織り込まれた布を張ったソファに腰を下ろした。

「では、頼んだ」

侍女に引き渡されたリリィの方は、そのまま浴室に連行された。

たしかに牢内では湯あみなんてできなかった。

濡らした布で身体を拭くことぐらいしかしていなかったから、ゆったりと湯につかれるのはありがたいと言えばありがたい。

何があったのか侍女に問いただそうと口を開いても、彼女はリリィに返事をすることはなかった。全身を磨かれ、新しいドレスを着せつけられる。

湯に身体を浸した時には、思わず声が漏れた。牢の中での生活は、想像以上にリリィの身体に負担をかけていたようだ。

「……お待たせしました、ヴィクラム様」

身なりを改めて最初に入った部屋に戻った時には、ヴィクラムは長い脚を組んで座っていた。書類を手にしているのは、ここに仕事を持ち込んでいるからだろうか。

（……こういうところは、似ているかもしれない）

書類に視線を落とすその横顔。たしかに、ザリウスとよく似ている。同じ血を引いていると、初めて理解した気がした。

「座れ」

今まで彼から、こんな風に命令されたことなんてなかった。だが、逆らってもいいことはないとわかっている。

おずおずと足を踏み出し、顎で示された彼の向かい側に腰を下ろした。向かい合って座ったものの、何を言えばいいのかわからない。

（……私をどうするつもりなの）

膝の上で組んだ両手に視線を落とす。呼吸がせわしなくなるほど、心臓がバクバクしている。これから、何が起きるのだろう。

「あの、ザリウス様は……？」

問いかける声が、不安に揺れているのが自分でもわかった。こんな風に、情けない顔を見せたいわけではなかったのに。

だが、リリィを見たヴィクラムはそっと鼻を鳴らす。

「死んだ」

短い答えに、リリィは目を見開いた。たった一言。その一言が耳に入らない。

「そんな」

だって、信じてくれと彼は言った。リリィは信じると言った。

リリィの渡した薬草茶に毒が交ざっていたというけれど、そんなことあるはずない。

「嘘です、嘘。あの人が、死ぬはず、ない」

「どうしてそう言い切れる？」

こちらをのぞき込むヴィクラムの目。冷え冷えとしたその目に、背筋が凍る気がした。

「お前の配合した薬草茶で、ザリウスは死んだ。ネルミダ草が交ざっていたぞ」

ネルミダ草は、乾燥させるとラベンダーと区別がつきにくくなる。使い方によっては薬としても使えるが、毒の効能の方が強い。

リリィとメイルーンが使っている工房に、ネルミダ草は置いていなかったはず。

（いいえ……もしかして）

ザリウスから預かった薬草園が破壊された時、あの離宮に保管していた薬草達も破壊されてしまった。

薬草が育つまでの間に、対処できなくては困るから、あちこちから必要な薬草を集めて、改めて保管庫に常備した。

メイルーンの話もあったから、王宮薬師達が集めた薬草だからと油断せず、きちんと確認はした。だが、もし見落としがあったなら。

薬草の大半が失われてしまったから、あちこちから薬草をかき集めた。あの忙しさの中、見落としがなかったとは言い切れない。

王宮に毒草を持ち込む隙を作る。それを狙ってヴィクラムが薬草園を破壊させたのだとしたら――。

ひゅっと息を呑んだ。

リリィのせいで、彼は死んだ。

（私の……せい……）

一気に顔から血の気が引く。

信じてほしいと、彼は言った。けれど、彼が何かを計画していたとして、リリィの存在がそれを台無しにしてしまったのだとしたら。

「……嘘……嘘です、そんな……」

「嘘ではない。となると、お前は国王殺しで裁判にかけられることになる」

裁判？

耳には入ってくるけれど、その言葉が何を意味しているのかは理解できなかった。

ザリウスの死、その言葉がリリィの頭の中で鳴り響く。

「国王殺しは死罪だ。裁判にかけられればお前は間違いなく死ぬ」

続けられた言葉に、のろのろと顔を上げる。その言葉も、リリィの耳を素通りしていたけれど、ヴィクラムはそれに気づいていないようだった。

「だが、お前が俺のものになるというのなら、裁判にはかけないでやろう。牢からも出してやる」

ああ、とここで気づく。

リリィを牢に入れたのは、過酷な状況に置いて心身を疲弊させるため。粗末な食事を与えたのは判断力を低下させるため。

そして、ここで優しい扱いをして、リリィを揺さぶろうとした。よく言われる飴《あめ》と鞭《むち》の使い分けだ。

「……お断りします」

「なんだと？」

間に置かれていたテーブル越しに、ヴィクラムはリリィの肩を摑んだ。

「やっと、あいつがいなくなったんだ。お前は、俺の言う通りにすればいい」

「いなくなった？」

「そうだ。ネルミダ草は非常に使い勝手がいい。だが、毎回同じ毒を使うのも芸がないだろう？」

「――まさか」

その時、思い出した。

まだ、森で暮らしていた頃、毒物の影響を受けたザリウスが転がり込んできたことがある。

あの時も、リリィはネルミダ草が使われたのではないかと推測していた。

あの時、毒を盛ったのが、ヴィクラムだったとしたら。

アデライーデが息子を王位につかせようとしていたのではない。ヴィクラム自身がそれを望んでいるということだ。

「俺の方が、王にふさわしいとは思わないか」

歪んだ笑み。

リリィに毒物を調合させようというのだろうか。

薬師として、毒物の知識も頭に入っている。ヴィクラムにとっては、使いやすい相手なのかもしれない。

「なんで、そんな」

言葉を失ってしまったリリィの前で、ヴィクラムは片側だけ口角を上げて微笑んだ。

「先に生まれたのは俺だ。母の血筋もいい。俺が王になっても、なんの問題もないだろう?」

「いいえ」

兄を殺して、王位につこうとする者が、国王にふさわしいはずはない。

「あなたなんか、ザリウス様の足元にも及ばないわ!」

「なんだと?」

ヴィクラムの眉が撥ね上がるが、リリィはかまわず続ける。

「誰よりも国を思い、自分も顧みず人々のために働く。彼はそんな人よ。あなたのような私利私欲で動く人間が、死んでも彼に勝てるはずはないわ!」

「貴様！　優しくしていれば付け上がって――!」

大声を出され、リリィはぎゅっと目をつぶる。

だが、その時、思ってもいなかった声が聞こえてきた。死んだと聞かされていたザリウスの声。

「――話は聞いた」

「ザリウス！　なぜ、どうして、お前……！」

弾かれるようにヴィクラムが立ち上がる。

ザリウスとヴィクラムの間に、目に見えない火花が散ったような気がした。

素早く視線を巡らせたヴィクラムは、リリィに目を留める。人質にでもしようとしたのか、こちらに摑みかかってきた。

だが、リリィは、ヴィクラムを見ていた。素早く身を翻《ひるがえ》す。テーブルの上にあったポットを摑むと、流れるような仕草で叩きつけた。

一瞬、ヴィクラムの動きが止まる。その隙に、ヴィクラムの手が届かないところまで移動した。

「リリィ、こっちだ！」

ザリウスが手を伸ばし、リリィは彼の背後へと隠される。

ヴィクラムが体勢を立て直した時には、リリィはすでに遠く離れた位置にいた。ヴィクラムは歯を食いしばり、腰に下げた剣を抜いた。

リリィは息を呑んだ。ザリウスの服を摑みそうになる手を懸命に下に下ろす。

「さっさと死んでおけばよかったものを」

低い声。冷たい目。ザリウスに向けているのは憎悪。少し前まで、仲のいい兄弟としてふるまっていたのが嘘みたいだ。

「ヴィクラム。俺は、お前を信じたかったんだがな」

二人は一瞬、互いの目を見つめ合う。そして、まるで合図でもあったかのように、同時に動き出した。

剣と剣がぶつかり合い、火花が散る。

ヴィクラムの剣さばきは力強く、正確だ。技量も十分。

だが、ザリウスの動きには、予測不可能な流動性がある。より、実践的な動きのようにリリィの目には見えていた。

ヴィクラムはずっと王宮にいて、ザリウスは国境地域を転々としていたと聞いている。

二人の剣の違いは、そんなところに出ているのだろうか。

ヴィクラムが大きく振りかぶった剣を振り下ろす。ザリウスは間一髪で身をかわし、壁に掛かっていた絵画が真っ二つに裂ける。

床を蹴ったザリウスは、ヴィクラムの方に向き直った。今度は先に動いたのは、ザリウスの方。彼の振り下ろした剣を、ヴィクラムは自分の剣で受け止める。

二人は何度も剣を打ち合わせた。部屋中を縦横無尽に動き回り、家具を飛び越え、時には壁を蹴って移動方向を急変化させ、相手を翻弄しようとする。

リリィは、二人の動きから目を離さず、二人の争いに巻き込まれないようにしていた。

だが、時にはリリィのすぐ側を剣先がかすめることもある。

ザリウスは一瞬だけ目をそらし、リリィの安全を確認した。

「よそ見する余裕があるのか?」

ヴィクラムはその隙を逃さず、ザリウスに向かって再び剣を振り下ろす。それをかわしたザリウスだったが、彼の袖が切れて血が飛び散った。

「ザリウス様!」

リリィの悲鳴が響く。

ザリウスは片膝をつき、肩を押さえる。ヴィクラムが勝ち誇ったように近づいた。

「これで、俺の勝ちだ。悪く思うな」

ヴィクラムが剣を振り上げた瞬間、ザリウスの目が鋭くなった。

片膝をついていたザリウスが、ヴィクラムの足元を払うように足を蹴り出す。不意を突かれたヴィクラムが、大きくよろめく。

その瞬間を逃さず、立ち上がったザリウスは、剣の柄でヴィクラムの手首を強く打った。うめき声と共に、ヴィクラムの剣が床に落ちる。

素早くザリウスは、落ちた剣を遠くに蹴り飛ばした。

ヴィクラムは歯ぎしりしながら、ザリウスに憎悪の眼差しを向ける。

しかし、もはや抵抗する気力は残っていないようだった。肩が激しく上下し、荒い息をついている。

「アデライーデだけだと思っていたんだ。お前は……信じていいと、信じたいと思っていた」

ザリウスの声には、失望の色がにじんでいるようだった。アデライーデはともかく、ヴィクラムのことは信じたかったのだろう。共にこの国を支えていく人間として。

「……好きにしろ」

だが、顔をそむけたヴィクラムはそう言い捨てる。これ以上、話をするつもりはなさそうだ。

この時になって、ようやく騎士達が駆けつけてきた。部屋の中の惨状に、彼らは驚いたようだ。その驚きを瞬時に隠し、ザリウスの前に膝をつく。

「連れて行け」

というザリウスの命令でヴィクラムは連行されていく。その後ろ姿を見送ったザリウスは、リリィの方に向き直った。

「待たせたな、リリィ」

「いいえ、よかった——本当に、よかった」

リリィは、迷うことなくザリウスの胸に飛び込んだ。生きている。それだけで十分だ。

彼の体温を感じながら、リリィはそっと目を閉じたのだった。

ようやくすべてが片づいて、リリィは母国に帰ることになった。

一緒に馬車に乗っているのだが、目の前にいるエドミールは、とても不機嫌だった。

「僕はともかくリリィを牢に入れる必要はなかったんじゃないかなぁ?」

リリィの向かい側に座っているエドミールは、リリィの隣から動こうとしないザリウスを睨みつけた。

「……お兄様、僕はともかくって先方の狙いは私だったのだから、私が牢に入らないといけなかったのではないかしら」

ヴィクラムの狙いはリリィだった。

リリィを欲しがったのは女性としての魅力を感じて——というわけでもなさそうだ。リリィの身体を好きにするつもりもあったようだが、自分の手駒にできる薬師が欲しかったらしい。

毒物と薬は表裏一体。薬ならば毒の知識も持ち合わせていると、考えたのだろう。それは間違ってはいないが、彼の言うことなんて聞くつもりはなかった。

ヴィクラムは、アデライーデともども、今は牢に入れられている。最終的な結論はまだ出ていないが、二人とも処刑されることになるだろう。

「だけどさあ、リリィ」

「それに関しては、本当にすまなかったと思っている」

リリィの方を向いて、ザリウスは頭を下げる。リリィは首を横に振った。

「『信じろ』って言ってくれたから」

事前に聞かされていたから、体力はそれほど落とさないですんだ。

あの時、あそこまでリリィを追い込まなかったらヴィクラムも油断しなかっただろう。

それに、メイルーンも伝言を託してくれた。あの時来た侍女は、メイルーンの教えを受けている王宮薬師の一人だったそうだ。

「でも、ヴィクラム様……ヴィクラムにあなたが死んだって、どうやって思わせたんですか？」

ザリウスの部屋に薬草茶の保管瓶は置かれていたし、そこに毒草を入れるのは、さほど難しい話でもなかったと思う。

だが、ザリウスが本当に死んだかどうか、しっかりヴィクラムは確認したはずだ。どうやって、彼の目を欺《あざむ》いたのだろう。

「そこはメイルーンが協力してくれた。仮死状態になる薬を用意してそれを飲んだ。効果は一時間ほどしか続かないが、俺の死を確認するには十分だろう」

「……なるほど」

その薬の作り方は、メイルーンからは教わってはいなかった。リリィにはまだ早いと思ったのかもしれない。そんな恐ろしい薬を使う機会は、ないと思いたいところだが。

「……リリィ、やっぱりやめよう。こんな恐ろしい国。ちょうど帰るところだし、このまま僕と一緒に暮らそう？　結婚の申し込みは、なかったことにするから」

「それは無理よ、お兄様」

向かいの席にいるエドミールは、深々とため息をつく。兄がリリィを心配してくれるのは嬉しいけれど、母国に戻るつもりはない。

「……まあ、いいさ。リリィが幸せになるなら、それで」

リリィがぴしゃりと断ったので、エドミールはふくれっ面になった。座席の上をこねくり回し始めている。

兄とは一度、じっくり話をした方がよさそうだ。


こうしてエドミールも含めて旅を続け、母国に帰り着いたのは、それから十日が過ぎた頃だった。

（私がいた頃と、ずいぶん変わっているみたい）

王都の景色を見ながら考える。王都には、リリィがいた頃、存在しなかった建物が新たにいくつも建てられていた。

そして、王宮に到着するなり、両親の歓迎を受ける。

「……リリィ！」

「待っていたよ」

懐かしい両親の顔。

もっと早く戻ってくればよかった、と両親の顔を見て改めて思った。リリィを待ち望んでいた二人は、強くリリィを抱きしめる。

「ごめんなさい、お父様、お母様」

「生きていてくれただけで十分だわ」

母は涙を流し、父もまた目のあたりを押さえている。それを見たら、もっと早く戻ってくればと後悔もした。

「我が国の事情に巻き込んでしまって申し訳なかった」

「……それについて、言いたいことがないとは言わないが」

頭を下げるザリウスに、父は困ったような目を向ける。

強引な後宮入りの要求に、長年にわたるリリィの生存不明。やっと生きていることが母国に伝わったかと思えば、今度はザリウスからの求婚だ。

両親が混乱するのもわかる。素直に認められないのも。

今後は、オロヴェスタ王国からベルシリア王国への援助なども検討されているそうだ。

詳細な話し合いは後日とし、今日は宴も開かず、ゆっくり休めるようにと客室へ案内される。

ザリウスのもてなしはリリィに任され、今日のところは、二人でゆっくりと過ごすことになった。

ザリウスの滞在する客室は、サンルームが備え付けられている。

リリィは、そのサンルームに敷物やクッションを運び出し、せっせと並べていた。

「何をしているんだ？」

「今日は気持ちがいいから、ここで過ごすのも悪くないと思って」

サンルームの窓を大きく開け放てば、心地いい風が通り過ぎていく。

エドミールに頼んでワイン蔵から持ち出してきたのは、上質のワイン。今夜は月が綺麗だし、気持ちいい陽気だ。

「ここで一緒に風に吹かれましょうよ。森の小屋のことを思い出して」

リリィは、床に敷いたクッションの上をポンポンと叩く。すぐ側に置いた低いテーブルには、ワインとクラッカーやチーズなどの軽食。ザリウスが好む木の実や干した果物も。

ザリウスは、リリィの招きに応じて外に出てきた。リリィの隣に座り、リリィの肩に手を回して庭園に目を向ける。

「……ここが、リリィの育った場所なんだな」

「そう。この国は、ろくな資源がないからってお母様はいろいろな植物を育てていたの。私も、その手伝いをしていたんです」

この国は、農業と観光ぐらいしか収入を得る手段はない。

だから母は、庭園の花壇を利用して新たな花を育てたり、新たな農作物を試験栽培したりしてきた。母が育てた品種の中には、国内の農家で育てられるようになったものもある。

そして母の努力は、大きな変化ではないけれど、少しずつ実を結びつつあるところだ。

「この庭園は、白い花が多いんだな」

「だから、ここに用意したんですよ。月の光で美しく輝くと思って」

夏咲きの薔薇、カサブランカ、それから向こうの方にはクチナシやジャスミンも。白い花々ばかり選んで母がこの離宮からよく見える庭園に植えたのは、こうして暗い中でも美しく浮き上がらせるためなのかもしれない。

「ああ、すごく綺麗だ。この光景を見ていると、リリィが俺のところに来てくれたのが奇跡のように思えるな」

奇跡だなんて、そんな。頬が紅潮したのを、うつむくことで隠す。

ワインのグラスを傾け、軽食を摘まむ。

「これ、好きなチーズでしょう?」

「よく覚えていたな」

「全部覚えているわ。あなたのことは」

最初の出会いから、毒に侵された彼を看病したこと、王宮に来てからの生活も何もかも。忘れることなんてできない。

「――あなたは？」

「俺も、全部覚えている。メイルーンに会いに行ったはずが、見たことのない美女が出てきて驚いた」

「……美女って」

珍しい軽口に、くすくすと笑ってしまった。自分が美女ではないことぐらいわかっている。

「俺にとっては、世界一の美女だ。あの時から、目が離せなかった――リリィに惹かれたのは、それだけじゃないけどな」

最初の出会い、リリィがふるまった食事、リリィの好みそうな食材を厨房からこっそり持ち出して、料理人に叱られたこと。

一つ一つ、思い出を語っていく。

いろいろあったけれど、母国に帰ってきて、家族と再会することができた。

今日、彼とここに来ることができてよかった。

自分でも思いがけない衝動に駆られて、ザリウスのシャツに手をかける。ボタンを一つ一つ外していくと、彼はくすりと笑った。

「積極的だな」

「え？」

慌てて手を離すと、また笑われる。

「俺は、かまわないが」

促されて、今度は慎重に彼の服を脱がせた。上半身があらわになったところで、恥ずかしくなって目をそらす。

引き寄せられて唇が重なる。軽く触れただけで離れたそれは、すぐに耳元へと移動して吐息を吹きかけた。

「んっ……」

そっと肩を押され、床に敷いたクッションが、リリィの身体を柔らかく受け止める。

「リリィ」

低い声音で囁かれて、身体が震える。首筋から鎖骨にかけて口づけが落とされていく。その度に、ぴくりと肩が跳ねた。

「や……ザリウス様……そんなところ……」

触れられたところから熱が広がっていくようだ。じわじわと追い詰められているようで怖い。

「どうして？　気持ちよくないのか？」

「そ、そうじゃなくて……。んんっ！」

彼の指先が胸の先端に触れた瞬間、甲高い声が漏れてしまった。恥ずかしくて口を手で押さえると、彼は意地の悪い笑みを浮かべる。

窓は開いているから、あまり声を響かせたら誰かに届いてしまうかもしれない。手の甲を口に当てて、声をこらえようとする。

「だめだ、リリィ。我慢するな」

優しい口調なのに、逆らえないような声の響き。リリィの手をそっと下ろした、彼は口づけてきた。

唇がぴったり重なる。

そのまま舌を差し入れられ、絡め取られる。唾液が混ざり合う音が、耳に届いてひどく扇《せん》情的《じょうてき》だった。

「ふぁ……んぅ……」

耳の奥に響く水音が、さらに羞恥心を煽ってくる。ザリウスの手が腰に触れてきて、びくんと身体が反応した。

手を上げて、彼の胸に触れる。柔らかなリリィの身体とは全然違うしっかりとした身体。

その手をさらに彼の肌に滑らせる。引き締まった腹筋から、もっと下へ。

着衣越しに触れたそこは熱くなっていた。熱いだけではなく、硬く大きくなっている。布越しに、そっと手を滑らせてみる。

「こら、リリィ」

叱るというよりは甘さを含んだ声。身体の奥が、それだけでぞくぞくしてしまう。

少しばかり、調子に乗ってしまったかもしれない。手の内に収めたそれを刺激するように、ゆっくりと手を上下させる。

するると、突然その手が掴まれた。握られてもなお刺激を与えようと動かしていた指先が、今度は彼自身に導かれていく。

服越しでもわかるほどに大きくなっている。先ほどまでより、さらに熱くなったような。

恥ずかしくて目をそらすと、彼が喉奥で笑うのが聞こえた。

「もう欲しいのか?」

少し余裕を取り戻したらしいザリウスが問いかけてくる。

膝立ちになって彼に抱きつくようにすると、背中を支えてくれる。ちゅっと音を立てて首筋に吸い付かれ、身体の奥がじんと痺れた。

すっかり上半身を露わにしている彼に対して、リリィはまだドレスをまとったまま。

スカートの下から潜り込んだ手が太腿をじわりと撫で上げる。はっと漏れる吐息。

ゆっくりと這わせながら上ってきた指先が、下着に触れた。

「濡れてる」

下着越しに秘裂をなぞられ、ひくりと喉が鳴る。ザリウスの指は、そのまま何度も往復するように動き続けた。

「あ、あ……っ」

「気持ちいいか？」

耳元で囁かれる声にすら感じてしまい、身体が震える。ザリウスはリリィの反応を見ながら、少しずつ刺激を強くしていった。

やがて下着の隙間から指が差し込まれ、直接触れられる。くちゅりと水音が響く度に羞恥心が増していった。

恥ずかしい。でも、もっと触れてほしい。

声に出してしまいそうになる。そんな自分が浅ましい気がして、泣きたくなった。

「リリィ、逃げるな。俺に全部見せてくれ」

「や、だ……恥ずかしい」

「今更だろう？　俺は見たい。もっと乱れるリリィが見たいんだ」

ザリウスはリリィの身体を反転させて、自分の上に座らせる。抱きしめられるような体勢になると、彼の吐息が耳にかかってぞくりと背筋が震えた。

「わかるか？」

こくりとうなずくと、ザリウスはリリィの腰を持ち上げるようにして促した。スカートを捲り上げられて下着が露わになる。

ザリウスの手が、あっという間にドレスを脱がせてしまった。残されているのは、一枚だけ。

二人きりとはいえ、屋外でこんな姿になるなんて信じられない。

「こっちも」

耳元で囁かれて、逆らえない。震える手で下着を取り去ると、彼は満足げに笑った。

「よくできた」

褒めるように頬に口づけられる。そのまま首筋から胸へ下りていき、先端を口に含まれた。

濡れて温かくて、みだらな感触。ザリウスの舌が先端を転がす度に、甘い痺れが走る。

「んっ……あ、あ」

ザリウスはリリィの胸を愛撫しながら、もう片方の手で内腿に触れた。ゆっくりとなぞるように動かされ、身体が震える。

やがてその手は足の付け根へと移動し、さらにその奥へと忍び込んできた。ぬるりとした感触に驚いて足を閉じようとすると、咎めるように強く吸い上げられる。

その間に彼の指はリリィの中へと侵入してきた。

ザリウスの長くてしなやかな指が、自分の中にあるという事実に身体が震える。その反応を楽しむように、彼は何度も出し入れを繰り返した。

抜き差しされる度、ちゅくちゅくという水音が聞こえてきて羞恥心を煽った。同時に花芯をぐりぐりと押され、頭が真っ白になるほどの快感に襲われる。

びくんっと身体が大きく跳ねた。

「あ、ああ……っ！」

次第に激しくなる動きに耐え切れず、リリィは絶頂を迎えた。ぐったりと倒れ込みそうになったところを受け止められる。そのまま優しく髪を撫でられた。

「リリィ」

名を呼ばれ、顔を上げる。ザリウスは微笑みながら言った。

「そろそろ、いいか？」

そう言って彼はリリィの手を彼自身へと導いた。すでに熱く猛《たけ》っているそれに触れさせられて、思わず息を呑む。

褒めるように髪を撫でられ、口づけられる。ザリウスの舌が口内に侵入してきた瞬間、リリィは再び押し倒されていた。

「んぅ……」

唇を塞がれたまま、ザリウスが覆いかぶさってくる。そのまま彼の手はリリィの秘所に添えられた。先ほどよりも濡れそぼったそこを彼の指がかき回すように動く。

くちゅりという音と共に溢れ出る蜜を塗りつけるようにして追い込まれた。あまりにも強い快感に、リリィの身体が逃げを打ち、身体を捩ってうつぶせになる。

そのまま背後から抱きしめるようにして、熱くて硬いものが押し込まれてきた。

「あぁっ！」

一気に蜜洞が埋められ、嬌声が上がる。

身体の中がザリウスでいっぱいになる。その感覚に、思わず達しそうになったところで、彼は動きを止めてしまった。

物足りなさに、つい腰が揺れる。

だがそれすらも許さないとばかりに、ザリウスはリリィを押さえつけている。

身体の中に埋め込まれた熱杭。その存在を感じ取るだけで、腰骨のあたりからぞわぞわと愉悦が忍び寄ってくる。

「んっ……ふっ……」

そしてゆっくりとした抽挿が始まった。じりじりと押し込まれ、じりじりと引き抜かれる。

彼だって情欲を煽られているはずなのに、こうしてリリィを感じさせようとしてくる。

ザリウスのものが蜜壁を擦る度に、じわりとした快楽が襲ってきた。物足りなく思えるほどのゆっくりとした悦楽への誘い。

それはやがて大きな波となってリリィを飲み込もうとしている。

「……だめぇ……イっちゃう」

訴えたけれど、ザリウスの動きは止まらなかった。激しく揺さぶられてリリィの口から漏れるのは悲鳴じみた喘ぎだけになった。

「はっ……すごいな、リリィ」

背後から聞こえる彼の声も苦しげで艶めいている。それがさらに興奮を煽るようで、媚壁がきゅうっと締まるのを自覚した。

ザリウスはそれに反応するように腰の動きを速める。がつがつと奥を穿たれる度に、頭の中で白い火花が散る。

「あ、あっ、あぁ！」

やがてザリウスが最奥を突き上げた。その瞬間、リリィの中で何かが弾ける。

「あ、あ……！」

身体の奥底から湧き上がるような熱に浮かされ、意識が遠のきそうになる。しかしザリウスはそれを許さなかった。

今度はそのまま、上半身を持ち上げられる。予期せぬところを擦り上げられ、リリィはまた顎をのけぞらせて、声を上げた。

「やぁっ！　だめ、まだ……」

達したばかりで敏感になった身体には強すぎる刺激だった。だがザリウスは容赦なくリリィの身体を上下させる。

「あっ、あぁっ！」

何度も突き上げられながら胸を揉まれる。先端を強く摘まれて、頭の先まで愉悦が走る。その拍子に中のものを締め付けてしまい、さらに感じてしまうという悦楽の悪循環。

「だめ、もう……っ」

「俺もだ、リリィ」

彼はそう言うと、さらに激しく突き上げてきた。肌のぶつかり合う音と水音が混じり合って響く中、一際強く突き上げられる。

その刺激にまた達してしまいそうになると強引に顔を後ろに向けられた。

どちらからともなく顔を寄せ、唇をむさぼり合う。その間も抽挿は続く。

熱い。全身を熱が駆け巡っている。

「あっ！　あぁぁっ！」

先ほどよりも深く穿たれ、奥に当たる感覚がある。あまりの快楽に意識が飛びそうになった。

だがそれを許さないとばかりにザリウスの動きが激しくなる。

「やぁっ！　だめ、また……っ！」

「何度でもいい。限界なんて」

もう何度目かもわからない絶頂を迎えたあと、ザリウスはようやく自身を引き抜いた。ぐったりと倒れ込みそうになったところを受け止められる。

そのまま優しく抱きしめられて髪を撫でられた。心地よさに身を委ねていると、そのまま彼の手が不埒な動きを再開する。

「……ザリウス様？」

「もう一度」

「嘘でしょ！」

今、これだけ激しく交わったばかりなのに、今すぐもう一度抱き合おうというのか。

すっかり身体からは力が抜けてしまっているのに、彼の方は余裕があるらしい。そして、こうなってしまったらリリィは抵抗なんてできるはずない。

あっという間にあらがえなくなって、ザリウスの与える快感に翻弄されるだけ。

二人の夜は、まだまだ終わりそうになかった。

# エピローグ

「リリィ！」

メイルーンの声に、リリィはパッと顔を上げる。薬草園で、リリィとメイルーンは作業中だ。

「どうしました？」

「どうしました、じゃなくて。そこの薬草は根を洗って」

「はーい」

メイルーンが、リリィにずけずけと話をするのに、王宮薬師達はかなり困惑している様子だ。それもしかたないだろう。

リリィがザリウスに嫁ぐと正式発表されたのは、つい先日のこと。

いくら師匠と弟子とはいえ、未来の王妃相手にずけずけすぎではないかというのが心配なのだろう。

もっとも、リリィはメイルーンにそれを直してほしいとは思っていない。メイルーンがリリィの師匠であるのは生涯変わらない事実だからだ。

メイルーンも、リリィを王妃ではなく弟子扱いするのはここだけだと言っているし、それでいいと思っている。ザリウスの了解も取れているし。

「そういえば、本を出すんだって？」

「出すのは師匠ですよ。というか、師匠の名前で出します」

メイルーンが集めてきた資料をリリィが清書し、王宮薬師達が整理したものは数か月のうちに出版されることになっている。

メイルーンが書いた資料は、薬師を目指す人すべてに有用だろうという判断になったのだ。

「私の名前なんて出さなくていいのに」

「ちゃんと、『その弟子達』の名前も書くから大丈夫です！」

本の最後には、編纂に関わった者達の名も記すつもりだ。メイルーンの前に、彼女を指導してきた人達がいて、そしてメイルーンを通じて弟子達が知識を受け継いでいく。

リリィの名前は書かないつもりだけれど、未来の王妃の名を隠すわけにはいかないらしい。

リリィが声を上げて始まった事業として、記録には残されるそうだ。

「それで、そろそろ行かなくていいの？」

「そうだった、今日は仮縫いがあるんだった。もう行きます！」

リリィは跳び上がりそうになった。今日は、花嫁衣裳の仮縫いがあるのだった。

うっかり薬草園に来て、長時間ここで過ごしてしまった。

「早く行きなさい！　まったく、花嫁衣裳の仮縫いを忘れるなんてなんて花嫁だろうね！」

メイルーンの笑い声に押されるように、リリィは走り出した。

「遅いから、迎えに来てしまったぞ」

向こう側からは、ザリウスが手を振っている。

両手を広げて待っているザリウスの腕に飛び込む。

背後から、「マナーはどうしたの！」と叫ぶメイルーンの声が聞こえてきたけれど気にならなかった。

「まったく、なんて子だろうね！」

と、続けて叫ぶメイルーンに王宮薬師達が何か言っている。けれど、それはリリィの耳には届かなかった。

「急がないと。仕立屋が待ちくたびれてしまうぞ」

「次は気を付けます」

結婚式だけではない。のびのびになっていたザリウスの即位の儀も同時に行われることになった。

即位の儀の方はほぼ準備は終わっているという話だったが、計画したのはヴィクラムだ。さすがに彼の立てた計画をそのまま進めるわけにもいかなかった。

おかげで二つの儀式の準備を同時に進めなければならず、しばらくの間ザリウスもリリィも大忙しだった。ようやく、少しだけ落ち着いてきたところである。

アデライーデとヴィクラムは、調べを終えたのち、処刑されることになっている。とはいえ、国王の結婚を控えての処刑は結婚式に翳《かげ》りを落としてしまう。

罪を減じて、生涯幽閉ということになりそうだ。そうザリウスが結論を出したのなら、リリィとしては何も言うべきことはない。

「エドミールから話は聞いたか？」

「なんでしょう？」

いつの間にか、ザリウスと兄は親しくなっていたらしい。兄からは、ザリウスのところにしばしば手紙が届いているようだ。

何を書いているのか、ザリウスは見せてくれないけれど、二人が仲良くなったのならまあよしとしよう。

「エドミールも婚約が決まったそうだ。結婚式には、俺達も招待してくれるらしい」

「聞いてませんよ？」

リリィより先にザリウスに話をするとは――本当に、何があったのだろう。今度兄と会うことがあったら、じっくりそのあたりは問い詰めねば。

「こら、リリィ。眉間に皺が寄っているぞ」

「……大変」

慌てて手で額をこする。それを見たザリウスは笑った。

「皺が寄っていても、リリィは可愛いけどな」

「……もうっ！」

ザリウスの手をぴしゃりとやろうとしたら、すっとその手を取られてしまう。流れるような仕草で指先に口づけられ、リリィは赤面する。

「すっかり遅くなってしまったな。急ごう」

さらには、その手にするりと指を搦められ、気が付いた時には手を繋いで歩いている。

きっと一生彼にはかなわないのだろうけれど、それもまた幸せ。

繋いでいる手に、きゅっと力を込めて見上げたら、こちらを見下ろす彼は、柔らかな笑みを浮かべていた。

## あとがき

この原稿を書いている時は、厚手のコートが必要だったのですが、あとがきを書いている今は、春物のコートをそろそろ出そうか迷っています。

この作品が刊行される頃は、東京は桜が散っていますね。そろそろ、藤が綺麗に見える頃かも。

今回、物語の前半部分は森の中の小さな世界でお話が進行します。小さな国の王女だったリリィが、国を離れて、人里離れたところで生活しなければいけなくなります。頼れる師匠もいなくなった一人きりの生活。

そんな彼女が出会ったのは、明らかに身分の高い男性であるザリウス。二人のある間にある壁は高いとわかっていても、惹かれていく気持ちは抑えられません。

狭いけれど、美しい世界で惹かれ合っていく二人の様子を書くのが、とても楽しかったです。

木の実を使ったパウンドケーキ、今回の執筆中に何度も焼きました。ボウル一つで混ぜ合わせていけば、気楽に焼けるのがいいですね。

今回のイラストは、今までに何度もお世話になった蘭《あららぎ》蒼《そう》史《し》先生にご担当いただきました。

カバーイラストの二人が美しいこと！　二人がとても幸せそうです。

今回、挿絵に登場するキャラクターがいつも以上に多かったのですが、どのキャラクターもとても素敵に描いてくださいました。お忙しいところお引き受けくださり、ありがとうございました。

担当編集者様、今回も大変お世話になりました。いつも打ち合わせが脇道にそれてしまいますが、毎回とても楽しく書かせていただいています。今後もどうぞよろしくお願いします。

この作品を手に取ってくださった読者の皆様にもお礼申し上げます。ご意見やご感想をお聞かせいただければ幸いです。今後ともよろしくお願いいたします。

また近いうちに、新たな物語でお会いできたら嬉しいです。

宇《う》佐《さ》川《がわ》ゆかり

大好評発売中

**『あなたが欲しい。形だけの妻ではなく』**

異母妹の代わりに「呪われ公爵」と有名なシグルドに嫁いでほしいと頼まれた平民のミルティ。不愛想で年の離れた異母弟エリックとぎくしゃくと暮らしていた彼と形だけの夫婦になるが——いつの間にか溺愛モードに!?

**ゆっくり育む身代わり婚ラブ!**

「透過《ステルス》」という存在感を消す特殊能力持ちの貧乏子爵令嬢モニカ。ひょんなことからモテすぎる女嫌い侯爵ルクレツィオと、子供ができるまでの期間限定婚をすることに！　利害一致の恋愛レッスンをするうちに気持ちも徐々に近づいて……!?

**二人は無事に契約を完遂できるのか!?**

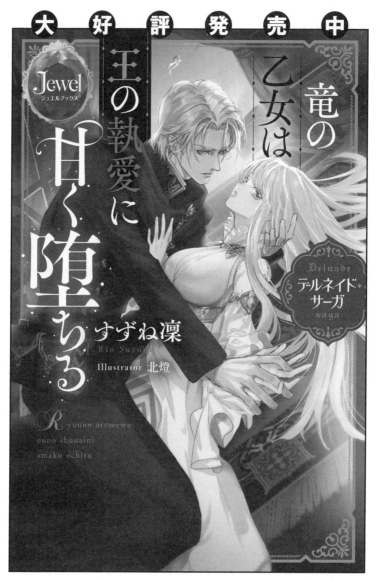

ファンレターの宛先

〒102-8177 東京都千代田区富士見2-13-3
株式会社KADOKAWA　ジュエル文庫編集部
「宇佐川ゆかり先生」「蘭　蒼史先生」係

http://jewelbooks.jp/

# 忘《わす》れ去《さ》られた花嫁《はなよめ》はおひとり様生活《さませいかつ》を満喫中《まんきつちゅう》
## 森《もり》で薬師《くすし》をしていたら王子様《おうじさま》が迎《むか》えにきました!?

2025年 4 月25日　初版発行

著者　宇佐川ゆかり

イラスト　蘭 蒼史

発行者 ―――――― 山下直久
発行 ――――――― 株式会社 KADOKAWA
〒102-8177 東京都千代田区富士見2-13-3
0570-002-301（ナビダイヤル）
装丁者 ―――――― Office Spine
印刷 ――――――― 株式会社暁印刷
製本 ――――――― 株式会社暁印刷



Printed in Japan
ISBN 978-4-04-916197-7 C0076